能舞台の赤光
多田文治郎推理帖

鳴 神 響 一

幻冬舎文庫

能舞台の赤光

多田文治郎推理帖

【主要登場人物】

多田文治郎　二十六歳。後に書家、漢学、儒学の碩学、洒落本の作者として名を馳せる沢田東江。後年、書塾を開いて多くの弟子を育て、東江流と呼ばれる書の一派は江戸を席巻した。「柳橋の美少年」と呼ばれる好漢。

宮本甚五左衛門　二十代なかば。浦賀奉行所与力から稲生正英の推挙で徒目付に異動した。文治郎の学友。

稲生下野守正英　四十代なかば。幕府の目付役。二千石。後に勘定奉行。

涼　相州公郷村の漁師の娘。嫌な婚約から逃げて江戸へ出てきた。

定光栄山　シテ方定光流の二代目宗家。黒田継高のお気に入り猿楽師。

凪　栄山の美貌の妻。父娘ほどに年が離れている。

河原宮之介　栄山の一番弟子。

竹之内小源太　栄山の二番弟子。

笹田藤二郎　栄山の三番弟子。

岡沢弥八郎　栄山の四番弟子。

黒田左近衛権少将継高　福岡城主で四十七万三千石を領有する大大名。能楽好きで自分も演ずる。

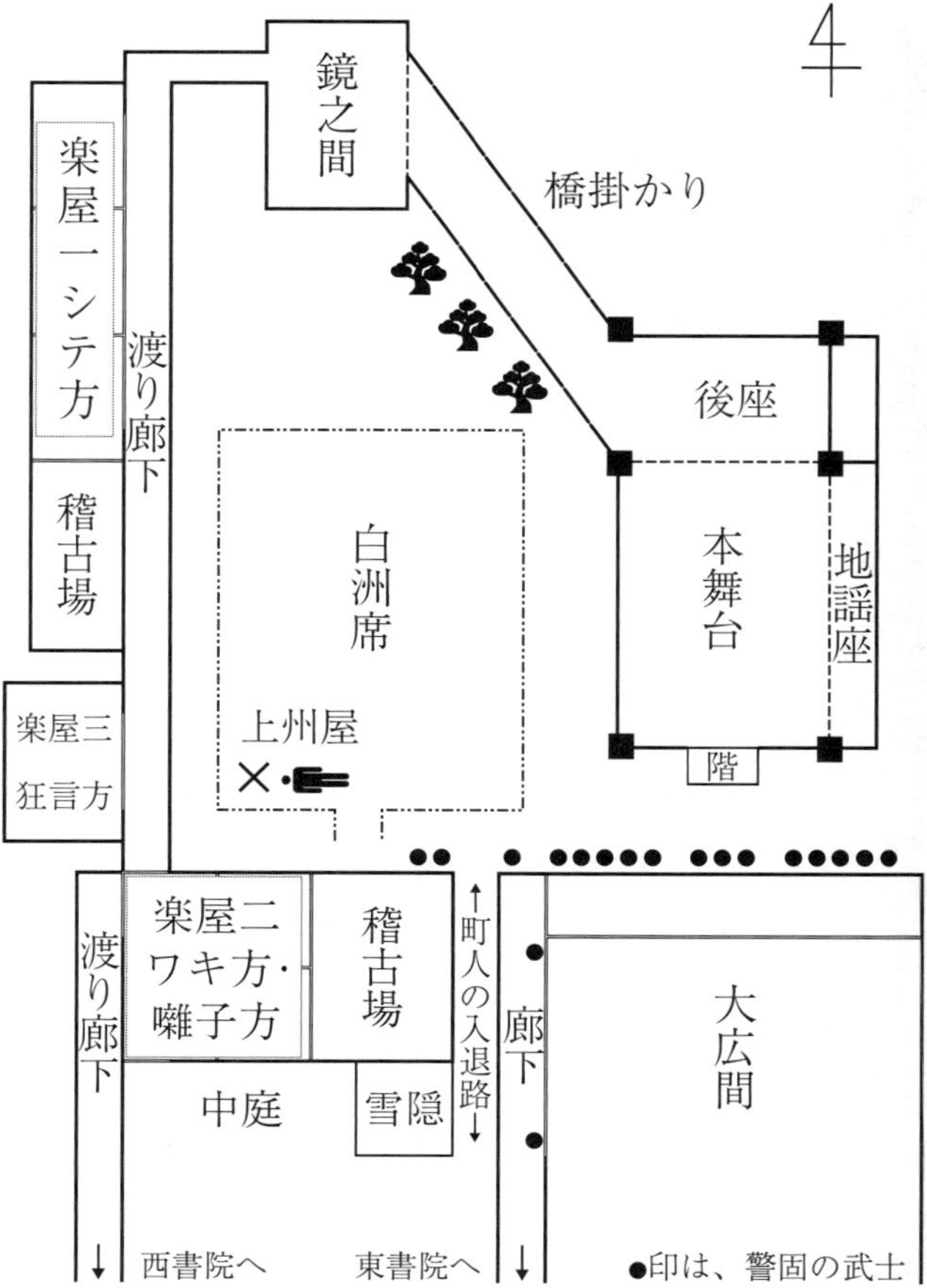

北
鏡之間
橋掛かり
楽屋一シテ方
渡り廊下
後座
稽古場
白洲席
本舞台
地謡座
上州屋
階
楽屋三
狂言方
楽屋二
ワキ方・
囃子方
稽古場
町人の入退路
廊下
大広間
渡り廊下
中庭
雪隠
西書院へ
東書院へ
●印は、警固の武士

目次

第一章　黒田家上屋敷演能会

1

表通りから煤竹売りの声が響いてくる。

暮れの大掃除に向けた商いである。この声を聞くと、江戸の町の誰しも、年の瀬が迫ってきた季節のうつろいを感ずる。

多田文治郎《ただぶんじろう》は、下柳原同朋町《しもやなぎわらどうぼうちょう》の自邸で唐代の漢詩選集『唐詩選』をひもといていた。

神田川を渡って吹いてくる北風が戸障子をカタカタと鳴らしている。食う金にも困っておらず、大きな悩み事も抱えていない。文治郎の心は静かで穏やかだった。

後に沢田東江《さわだとうこう》の名で、書家として、漢学・儒学の碩学《せきがく》として、世に知られる文治郎であるが、いまはただの浪人者である。

書を教えて生業《なりわい》とはしていたが、自邸といっても棟割の裏長屋に過ぎない。

今年の正月、唐詩選と百人一首をつけあわせて洒落のめした『異素六帖《いそろくじょう》』を上梓してからは洒落本の作者としていくらかは世に名が知れてきた。

そろそろ湯屋へでも出かけようかと、書見台から目を離して伸びをしたところへ、表の戸を叩く音がした。魚屋の小僧はさっき来たし、用のある者などないはずなのだが、と、いぶかしみつつ文治郎は引戸を開けた。

菅笠を被り手甲《てっこう》をつけ、杖を手にした旅姿の娘が午後の斜光線を浴びて立っている。

「ああ、多田先生」

娘は安堵の声を出した。

笠を取ると、娘は深々とお辞儀した。結綿《ゆいわた》に結った髪で、青とんぼ玉のかんざしが目を引いた。

「おまえ……お涼《りょう》じゃないか」

顔を上げた十六、七の娘を見て、文治郎は素っ頓狂な声を出してしまった。

「へぇ、お久しぶりでございます」

真っ黒に日焼けした顔のなかで黒い大きな瞳が笑っている。

この夏に相州三浦の猿島で、舟を漕いでもらった縁で、凄惨な殺しの場に伴う羽目になったものの、それ以上のつながりはない。

あのおりの粗末な仕事着と違って、赤橙の地に黄茶の細縞の小袖を身につけた姿は、どこの町娘かと見違えた。きっと一張羅を着てきたのだろう。

「神田川に掛かる柳橋のたもとにお住まいだってことは伺ってましたので、あっちで訊き、こっちで尋ねたら、表のお米屋さんが教えてくれました。やっと先生にお会いできました」

お涼は嬉しそうに言って頰を染めた。

「そんなことより、その旅姿はどうしたんだ」

「お父と喧嘩して家を飛び出したんです。嫌な男のところへ無理やり嫁にやるって譲らないから……あたし、源助の女房になるくらいなら海に身を投げるって言って」

「なにを馬鹿な……」

文治郎は大きく舌打ちをした。

屈強な漁師の男たちが震え上がって近づかなかった血だらけのなきがらを見ても、お涼は平然としていた。この勝ち気で舟を漕ぐ腕でも男勝りな娘が、嫌な男のもとへ容易《たやす》く嫁ぐわけはなかろう。とは言え、自分のところへ来てもらっても困る。

「先生、おさんどんに雇ってください。お洗濯でもお針でも、いいえ薪割りでも何でもやります」

とんでもないことをお涼は実にあっさりと言う。

「じ、冗談言っちゃあいけない」

文治郎はあわてて顔の前で手を振った。

お涼の年頃は十六か七か、まだ、どこかあどけない顔つきだが、新吉原だって十七になれば遊妓として客をとる。現に文治郎の馴染みの遊妓はまだ十七だった。

「駄目ですか」

お涼はしょんぼりと肩を落とした。

「あたりまえだ。うちは男所帯だよ。おまえみたいな若い娘を置けるわけがないじゃないか。だいいちわたしのところは奉公人を置くゆとりなんてない」

文治郎ははっきりとはねつけた。

「お給銀なんて要りません。おまんまさえ頂ければそれでいいんです」

「米ヶ浜の家に帰りなさい」

「嫌です」

お涼は強い口調で首を横に振った。

「あんな源助みたいなケチで頭の悪い男の子どもなんて産みたくありません」

源助という漁師こそいい面の皮だが、そこまで嫌いな男のところへ嫁にゆくのはたしかにかわいそうだ。

「そりゃあ、気の毒な話とは思うが、家には置けない」

「先生がうんって言って下さらないなら、両国橋から大川へ身を投げます」

「ま、待てよ」

文治郎はあわててお涼の袖をつかんだ。

「仕方ない。一緒に来てくれ」

「どちらへ行くのです」

お涼はきょとんとした顔で訊いた。

「とりあえず、甚五左衛門《じんござえもん》のところへ行こう」

「あ、あのお役人さま……江戸にいらっしゃるんですか」

猿島の殺しの時には、文治郎は浦賀奉行所与力だった宮本甚五左衛門の請いで、ともに謎を解いた。当然ながら、お涼は甚五左衛門のことも見知っている。

「ああ、役替えになってね。御徒町《おかちまち》の組屋敷に住んでいるんだ」

「あたし、先生のところでご厄介になりたいんですけど」

お涼は不服そうに頬をふくらませた。

やはりどこかあどけないその顔を見て、文治郎は吹き出しそうになった。

「いいから従《つ》いてこい」

宮本甚五左衛門とは猿島の一件以来、ことさらに親しくなった。もともと、築地の儒学者、井上蘭台《らんだい》のもとで机を並べて学んだ仲である。

この冬、甚五左衛門は公儀目付役の稲生下野守正英《いのうしもつけのかみまさふさ》の引き立てで、下役である徒目付《かちめつけ》に役替えになっていた。

禄高も八十石から百俵五人扶持に増え、御徒町の組屋敷に住んでいる。御目見得以下の御家人には過ぎないが、浦賀奉行所与力とは違って上下役《かみしもやく》であり、日頃より裃を身につけて勤めに出る身分となったのである。

柳橋から御徒町は半里に過ぎない。四半刻《しはんとき》（約三十分）も掛からぬうちに、二人は下級御家人の屋敷がずらっと建ち並ぶ御徒町に着いた。すでに陽は沈みかけている。

幸いなことに甚五左衛門は勤めを終えて屋敷に戻っていた。

「な、なんだ。あの男勝りの女船頭ではないか」

お涼の顔を見るなり、甚五左衛門は絶句した。

「ちょっと事情があってな……」

戸口脇の小部屋にお涼を残して、文治郎は奥の居間で甚五左衛門にいきさつを話した。

「うーむ、拙者のところも男所帯だ。部屋が空いているので、小者は二人住み込んで
いるが、ちょっとなぁ」

甚五左衛門は両親をすでに亡くして兄弟姉妹もない。

「なんとかならないか」

「したが、あの娘はおぬしを慕って江戸まで来たのだろう……」

甚五左衛門はにやっと笑って言葉を継いだ。

「嫁にしちまえ」

「世迷い言を申すな」

大きな声が出てしまって、文治郎はあわてて口をつぐんだ。

「ただ、漁師の娘というのはちとまずいな。どなたかしっかりした仮親を立てて養女
として輿入れさせればよい」

「おい。勝手に話を進めるな。あの娘は里に帰ったほうがよいのだ。気持ちが静まる
までの間、預かってくれるところがないかと思っているだけだ」

「おぬしも朴念仁だな。あんないい娘に慕われているというのに……。それでは『柳橋の美少年』の名がすたるぞ」

甚五左衛門はあきれ声を出した。

書を教えて得た稼ぎを注ぎ込んで、もう何年も文治郎は新吉原の妓楼に足しげく通っている。遊妓たちからは「柳橋の美少年」と騒がれていた。あと二十日で二十七を数えるというのに、美少年でもあるまいが。

「どこかの屋敷に下働きとして使ってもらえぬだろうか。おお、そうだ。御目付にお願いしてみてはどうだ」

「稲生さまか……」

猿島の一件で謎解きをしてから、稲生下野守は文治郎の才分に感じ入ったようだ。わざわざ屋敷に呼んで酒宴を設けるなどして、なにかと懇意にしてくれている。

「二千石のお屋敷だ。はした女の一人や二人、どうにかなるのではないか」

「いやしかし、それは……稲生さまのご厚意に甘えるようで気が引ける」

文治郎は言葉を濁した。

「さっそくこれからお訪ねしてみよう」

「これからか……ぶしつけではないか」

「そう思うなら、今宵は文治郎の家に泊めてやれ。夜中にあの娘がおぬしの布団にもぐり込んできてもかまわぬなら、それもよかろう」

「い、いや、それは困る。では、これから伺うことにしよう」

「ははは、尻に火がついたようなおぬしの顔を見るのも一興だな」

笑いながら甚五左衛門は立ち上がると、着替えのために次の間に消えた。

上野寛永寺から響く暮れ六つ（午後六時）の鐘が鳴るなか、文治郎たちは、小者の捨蔵を伴って御徒町を後にした。

稲生家屋敷は、小石川にあり、御徒町からは半里と十町（約三キロ）ほどしか離れていない。神田川の北岸で水戸家上屋敷の西側に位置していて、まわりは武家屋敷しかない場所だった。

二千石の屋敷だけに漆喰壁に桟瓦葺《さんがわらぶ》きの長屋が続いていてなかなか壮観である。

いびつな十日月に、甍《いらか》の波が銀色に輝いている。

「ものすごく立派なお屋敷ですねぇ」

お涼はあっけにとられたように長屋門を見上げている。

表御門の番屋に案内を頼むと、すぐに年若い家士が出てきて、三人を邸内に招き入れた。

お涼を玄関を入ってすぐの使者の間に待たせて、文治郎たちは家士に先導されて、二間《ふたま》ほど先にある書院上《かみ》の間に通された。

「これは多田どの、しばらくぶりでござるな」

正英は部屋着姿ですぐに現れ、上座に着いた。

若い家士が煎茶を運んできて、文治郎たちの前に置いた。

「先日は名月を愛でる佳《よ》いときを馳走になり、まことにありがとうございました」

文治郎は几帳面な謝辞を口にした。

話の途中に『大学』や『論語』を持ち出してくる生真面目な正英である。口をきくときにはどうも気を遣う。

「いやいや、楽しいひとときでござった」

正英はにこやかに笑った。

「御目付、ご機嫌うるわしく祝着に存じます」

甚五左衛門は肩に力を入れて辞儀を送った。

「この甚五左衛門に難儀な役が無事につとまっておりますか。そもそも不器用な男ですから……。お気に召さなければいつでも浦賀へお戻し下さい」

「おい、なにを申すか」

甚五左衛門はあわてて文治郎の袖を引っ張った。

徒目付は、登城時の大名や旗本御家人の素行の監察を本務とするが、老中・若年寄の密命を受けて幕閣の知りたいことを隠密に調べる職務も与えられていた。自分自身だけではなく、配下に付けられた御小人《おこびと》、中間《ちゅうげん》、黒鍬者《くろくわもの》などを使って職務を果たす。

四十名ほどの徒目付のなかには「常御用」と呼ばれる隠密をもっぱらとする職責の者もおり、日頃はさまざまな身分に化けて江戸市中で諜知を行っていた。

甚五左衛門は日頃は裃を着て千代田城本丸御殿の玄関右にある番所に通っているので、常御用は仰せつけられていないらしい。

「お役目の都合で詳しいことは言えぬが、わずかひと月あまりで出色の働きぶりを見せている」

「お上のご威光のために、甚五左衛門、身を粉にしておつとめを果たす所存です」

甚五左衛門は張り切って答えた。

抱え席（一代雇い）の浦賀奉行所与力職とは違って徒目付は譜代席である。およそ昇進のない与力職とは異なり、徒組頭や闕所物奉行《けっしょものぶぎょう》、林奉行、油漆《うるし》奉行、畳奉行などへの昇進の道も開かれていた。いずれも下級の役職に過ぎないが、役によっては御目見得の旗本となれる。

甚五左衛門はお涼が飛び出してきてからのいきさつを手短に話した。

「なるほど、とにかく、その涼という娘に会ってみよう。連れて参れ」

正英はそばに控えていた小姓と思しき家士に命じた。

小姓に続いて、洗濯板のようにガチガチになったお涼が部屋に入ってきた。

「涼と申すか。稲生下野だ。どうした。面を上げよ」

はるか下座で平伏したお涼に、正英は精いっぱいやわらかな声を掛けた。

「はい、涼です。相州三浦は米ヶ浜の漁師の娘です」

さすがの勝ち気な娘も位負けしているのか、声が大きく震えている。

およそお涼の人生で、正英は言葉を交わすはずもなかった人物である。

正英はどこか気の毒そうな顔つきでお涼をじっと見ていた。

「よかろう。とりあえず下働きをしてもらおう」

しばらくして、正英はきっぱりと言い切った。

「こちらさまで雇って頂けるんですね。ありがとうございます」

お涼の声はふたたび震えていたが、今度は喜びにあふれていた。

「ただ……」

正英はお涼の瞳をじっと見つめて言葉を継いだ。

「いざという時には、ここなる宮本甚五左衛門の手伝いを頼むかもしれぬが、それでもよいか」

つまり、小者たちのように、甚五左衛門の配下として隠密御用の一端をつとめることもあるわけか。

文治郎はわずかに不安を感じたが、お涼は平気の平左だった。

「あたし、なんだってやります。舟も漕ぎますし、畑で鍬も持ちますし、鎌で盗人を退治したこともあります」

「鎌を持つ必要のある仕事はさせぬ。親元と村役人には当家から、雇い入れの書状を送るが、そなたもふた親に手紙を書きなさい。さぞかし心配しておろう」

た。

「はい。書きます」

正英はうなずくと、小姓に向き直ってお涼を用人のところへ連れてゆくように命じた。

「殿さま、よろしくお願いします」

何度も頭を下げてお涼は部屋から出て行った。

「素直そうなよい娘ではないか」

お涼の影が消えると、正英は好意に満ちた笑みを浮かべた。

「それが、文治郎に懸想《けそう》して、いくら申しても相州には戻らぬと意地を張るのです」

「お、おい。よさぬか」

今度は文治郎が甚五左衛門の袖を引っ張る立場となった。

「ははは、ときに多田どの。十六日は忙しいかな」

「いえ、特段の用事は入っておりませぬが」

「実は黒田左少将どのの上屋敷で猿楽の催しがあってな。貴公をお連れしたいと思っておるのだが」

とんでもないことを、正英はさらりと言い出した。

黒田左近衛権少将《さこのえごんのしょうしょう》継高《つぐたか》は、福岡城主で筑前国のほぼ全域、四十七万三千石を領有する大大名である。松平姓を下賜されているが、戦国の名軍師として知られる黒田官兵衛孝高《よしたか》（如水《じょすい》）の血を承《う》ける子孫であった。

名門黒田家の上屋敷は外桜田霞ヶ関にあるが、二万坪を超える広大な敷地を有している。

現当主の継高は英明の質をもって知られる。藩政改革にも意欲的に取り組んで成果を挙げ、享保の大飢饉に際して施行した救民政策のおかげで福岡黒田領の餓死者は少なかった。

また、多くの伝統芸能文化に対しても理解ある保護政策を採っていた。本人は無類の猿楽好きで、自らも舞台に立つ。継高は何度も祝儀能を催し、八代将軍吉宗が観能の席に御成りになったことさえもあった。

「それはありがたいです。されど、わたしのような者が、そんな晴れがましい場に伺候してもよろしいのでしょうか」

文治郎も猿楽にはひとかたならぬ関心があり、寛延三年（一七五〇）に、観世太夫が勧進能を興行したときにも、筋違橋《すじかいばし》門外の火除地《ひよけち》の仮設舞台に作られた席を懸命に手に入れて観に行ったクチである。

贅《ぜい》を尽くした黒田家の舞台が観たくないはずはなかった。

「なに、我らが招かれるのは二日目でな。ご老中などは初日のご招待だ。当日はご親戚と我らのような軽輩ばかりだ。それほど堅苦しく考えずともよい」

二千石で軽輩はなかろうし、重職の目付役だからこそ呼ばれているのだろう。

「しかし、わたしは浪人に過ぎませぬ」

「いやいや、身どもの学問の師という触れ込みなら差し支えなかろう」

「これは浅学非才の身にもったいないお言葉」

文治郎は頭を下げた。

（十六日が楽しみだ）

文治郎にとってはどんな美酒美食よりも、すぐれた猿楽のほうがはるかにご馳走だった。お涼のことで頼った稲生邸で、瓢簞《ひょうたん》から駒のように幸運が降ってきた。

当日の華やかな舞台を思うと、文治郎の心は弾むのであった。

2

祝儀能の十六日は、江戸の空は朝から瑠璃紺に晴れ上がって、気持ちのよい冬日和となった。

二日目の今日は、当主継高と側室鷲尾《わしお》氏との間に生まれた十三女、厚姫の生誕を祝う観能会となっている。

今日の演能会の仕切りは、定光《じょうこう》流という聞き慣れない流儀だった。観世《かんぜ》、宝生《ほうしょう》、金春《こんぱる》、金剛《こんごう》、喜多《きた》の四座一流以外の猿楽も、上方などでは上演されることがあると聞く。だが、四座一流が席巻する江戸では極めて珍しい。

ちなみに昨日の初日は、四座一流筆頭の観世が仕切ったということだった。

初日に比べて親戚筋が中心の砕けた席とはいえ、大広間には裃姿の武士がずらりと居並んでいた。

賓客には、現役の大名・旗本よりもむしろ隠居が多い。隠居は自在な身ではあるが、さすがに芝居などにはなかなか行きにくい。

その点、猿楽は公儀の式楽と定められている。

千代田城内大広間前の舞台でも将軍宣下や代替わり、勅使下向のおりなどには、たびたび観能会が催されている。

隠居たちの観能はなんの差し障りもない。退屈な日々を過ごしている隠居たちのなかには、今日の祝儀能を何日も前から楽しみにしている者も少なくなかった。

武家客たちの多くは大きな広間の縁側近い部分にずらりと並んでいる。

文治郎も慣れぬ裃を身につけて、中頃の席の稲生正英の隣で舞台に見入った。

縁の下の玉砂利には薄縁《うすべり》を敷いた上に十人を超える黒田家中の武士が、端座している。この武士たちは大広間に居並ぶ賓客の警固役である。

むろん、泰平の世にこんな席にはなんの危険もないわけだから、警固役は儀礼として座っているわけである。

中庭をはさんで四間《けん》（約七・三メートル）ほどの位置に破風《はふ》造り檜皮《ひわだ》葺きの立派な屋根を頂いた舞台が造られている。この舞台は屋根も含めて、選りすぐりの檜材で造る。それゆえ神社の拝殿のような神々しさを感じさせる。真新しい舞台ではないが、それでも檜の放つ芳香がゆかしくひろがる。

屋根の造り込みも、鏡板に描かれた松の枝振りも実に見事で、継高の力の入れようがうかがえる。

舞台はなめらかに削られた柾目《まさめ》のぶ厚い檜材で三間（約五・五メートル）四方の正方形に造られている。鏡面のように丁寧に張り詰められて、釘は一本も使わない。このような見慣れた能舞台のかたちが整えられたのは、元禄の頃だといわれている。

左手に延びる橋掛かりの奥で、おりからの微風に五色の揚げ幕が静かに揺れる。

さらに橋掛かりの前のいわゆる脇正面には、腰高くらいの低い青竹垣がぐるりと廻《めぐ》らされた白洲席が設けられていた。

白洲席を埋めるのは、百人近い町人たちである。黒田家出入りの商人が中心なのであろう。町人たちも肩衣《かたぎぬ》をつけてはいるが、混雑でぶつかる危険を避けるために、肩の鯨骨を抜く定めになっていた。

白洲席に屋根はないので、参入のときに皆が雨傘一本を与えられている。が、今日の好天には開く者もいなかった。

実はこの白洲席は江戸城の祝儀能に倣《なら》ったものである。

江戸城では、雅儀をともに祝うという趣旨で、八百八町の家主を一町につき二人まで招いた。俗に「町入能《まちいりのう》」と呼ばれていたこの観能は町人の代表たちにとって大いなる栄誉であった。

最近だと、延享二年（一七四五）十一月三日に九代家重の将軍宣下を祝って、また、宝暦四年（一七五四）の師走五日には、将軍世子家治の婚礼を祝って町入能が開かれていた。

白洲席を何気なく見た文治郎は声を上げそうになって、あわてて抑えた。

（甚五左衛門ではないか……）

右手いちばん前の広間側に、松葉色の肩衣をつけた商人姿の甚五左衛門が座っている。ほかの町人たちと同じように配られた傘を左手にして、生真面目な顔で舞台を向いていた。

徒目付は、町人や神主など、いろいろな姿に身をやつすこともあると聞く。役目のためには違いないが、文治郎はおかしさをかみ殺して目を逸らした。

祝儀能のかたち通り、『翁三番叟《おきなさんばそう》』から始まった演能会は、しっかり五番立ての番組となっていた。

『高砂』の脇能、脇狂言をはさんで二番目は『田村』であった。

二番目狂言の後には、継高自身がシテをつとめる『楊貴妃』が三番目として演じられ、中盤でもっとも盛り上がる演目となった。

すでに夕闇が五十畳を超える大広間に忍び寄っている。

さらに『張良《ちようりよう》』を四番目に演じ、止狂言を経て、いよいよ大詰めの五番目に差し掛かろうとしていた。

切能、鬼畜物とも呼ばれる五番目物は鬼や天狗といった荒々しいシテが登場し、激しい舞いを見せる。序破急の流れで作られる番組のなかでも「急」であり、当日の最高潮の山場となる。

手元に配られていた番組には、文治郎が聞いたことのない『酒瓶猩々《しゆへいしようじよう》』という曲名が躍っていた。

猩々とは古くから多くの読み物に記されている架空の生き物である。赤いざんばら髪を持つ童子のような外見で、二本足で歩き、酒を好む。

この猩々を主人公とした猿楽の演目が『猩々』で、ざっとこんなあらすじである。

――むかし、潯陽江《しんようこう》（揚子江）のほとりに高風《こうふう》（ワキ）という孝行者の男が住んでいた。高風は夢のお告げに従って市場で酒を売ったところ、大いに繁盛した。
毎日、高風の店に酒を買いに来る者のなかで、いくら飲んでも酔わない不思議な童子姿の客（前シテ）がいた。高風が名を尋ねると、自分は猩々という者で水中に住んでいると名乗って立ち去る。（中入）
ある月夜、高風は川辺で酒を用意して猩々を待つ。やがて水面から猩々（後シテ）が現れる。猩々と高風は酒を酌み交わし、楽しく舞う。猩々は孝行者である高風の徳をたたえて汲めども尽きぬ酒瓶を与えて水中に帰ってゆく――

とまぁ、実に他愛もなく、限りなくめでたい演目である。さらに後シテである猩々は赤ら顔の童子の顔を描いた猩々面を掛けて赤頭《あかがしら》をつける。緋色の唐織を壺折につけて全身赤ずくめの舞台姿である。曲調の明るさと相まって、いやが上にも祝儀気分を盛り上げる曲なのである。それゆえ、祝儀能の最後を飾る五番目物として演じられることが多い。
後場《のちば》で猩々が舞うところは通常は中之舞と呼ばれる。この部分には、さまざまな小書き（特別演出）があり、激しい舞いを採り入れたものを『猩々乱《しょうじょうみだれ》』と呼ぶ。各流派で秘曲とされていることも多い難度の高い舞いを楽しめる。

観世流では五人の猩々が登場する豪華な演出があって、これは『大瓶猩々』として別曲扱いになっている。宝生流には七人の猩々が登場する『七人猩々《しちにんしょうじょう》』という曲もある。いずれも三番目物などに代表される幽玄とはかなり趣の違う明るい演目である。

本日の定光流『酒瓶猩々』もさぞかし華やかな舞台となろう。

シテは河原宮之介とあり、前シテの童子と後シテの猩々を演ずる。

ツレの名前が四人も書き連ねてある。すべて猩々だが、筆頭に定光栄山とあるのが宗家に違いない。さらに竹之内小源太、笹田藤二郎、岡沢弥八郎と続いている。

ワキの高風は木村作右衛門とあり、アイの水神を演ずる友田吉蔵は狂言方である。

通常は日暮れ前の申《さる》の刻（午後四時）頃には終演となるが、本日の番組は継高自身が『楊貴妃』を舞うこともあって、七つ半（午後五時）頃まで上演される予定であった。

止狂言の『地蔵舞』が終わった頃には、すっかり陽が傾いてきた。

黒田家中の小者たちによって、中庭に八基の篝火《かがりび》が設えられた。

すぐに火が点され、薪の燃える香ばしい匂いがあたりに漂い始めた。

清澄な龍笛《りゅうてき》が響き渡るなか、高風が脇座に着くと、囃子《はやし》がひとしきり勢いを増し、前シテの童子が橋掛かりに姿をあらわす。

はかなげな童子面を掛け、紅地縫箔《ほうはく》の上に薄花色の水衣という出で立ちで、磨かれた板床を滑るように進む、前シテの足運びの見事さに、文治郎は小さくうなった。足運びそのものに猿楽ではさまざまな意味を込める。

地謡《じうたい》の声に送られ、童子が橋掛かりへと去って『酒瓶猩々』は中入となった。

芥子《からし》色の縷水衣《よれみずごろも》を着た水神のアイが現れ、猩々がどんな生き物であるか、猩々を呼び出すにはどうすればよいかなどを語り続ける。

アイが去ると、後見によって一畳台と一抱えもある酒瓶が置かれた。酒瓶といっても作りもので、竹の骨に紙を貼って紺地緞子《どんす》で包み、紅地金襴の蓋をしてある。

中庭には徐々に闇がひろがり、舞台だけがあかあかと照らされている。

やがて華やかな囃子の音が舞台に戻ると、橋掛かりから二人の猩々が現れる。

この二人はシテではなく、ツレの猩々で、そろって、赤頭に、猩々というこの曲独自の赤顔の童子面を掛けている。紅地の鮮やかな唐織壺折の下に緋色の大口袴で全身赤ずくめ。

二人は舞台の中央に進み出て、しばし連れ舞いを続けた。

床板を踏み鳴らす猩々たちの足音の強弱が実に素晴らしい。複雑なその拍子に、文治郎の心は、夜の大河のほとりで繰り広げられる夢幻の宴へと誘われてゆく。

篝火はいよいよあかあかと燃え、祝儀気分はどんどん盛り上がってゆく。

しばし舞った二人が、扇子で差し招くと、なんと揚げ幕からまたも猩々が現れた。

三番目の猩々は橋掛かりを進み、一の松のあたりで舞い始める。舞台中央では先の二人の猩々が舞う。なんとも華やかな舞台運びである。

さらに、三人の猩々が扇子で手招きすると、もう一人の猩々が現れ、二の松あたりまで進んだ。やがて陽気な囃子に合わせて舞台で二人、橋掛かりで二人の猩々が舞い始める。ここまで猩々はすべてツレである。

四人の猩々が扇子で差し招くと、揚げ幕からさらに猩々が現れる。

同じ衣装だが、五人目の猩々だけが腰に柄杓《ひしゃく》を差しており、後シテだと知れる。

二人が舞台、三人が橋掛かりでひとしきり舞い、やがて後から現れた三人が揃って舞台に進む。

いったん五人はずらりと並び、しかも左右に位置を変え、速い動きでそれぞれの身体を交錯させ舞う。

妖精たちの底抜けに楽しい宴が、いよいよ盛りへと向かってゆく。

中之舞が始まった。

初めに登場したツレ二人が橋掛かりに去り、舞台では後シテを中央に、後から現れた二人のツレ猩々が左右を固めて舞う。

猩々たちは、右に左に舞い遊ぶ。五人の猩々の扇子の動き、足拍子がぴったりと揃ってまさに豪華絢爛である。

見物たちは熱狂の渦に巻き込まれている。

文治郎も思わず身を乗り出して、五人の猩々の創り出す夢の時に心を奪われ続けた。

地謡に合わせてツレ二人が橋掛りに戻って、後シテ一人が常座に立つ。

〽千秋万歳君千代までと、栄ゆる御代こそ、めでたけれ

めでたい地謡に続き、後シテが拍子を踏み、太鼓が留撥《とめばち》を打っての終曲となった。

文治郎はうなり続けた。

こんなに素晴らしい切能を観たのは初めてだった。

そもそも話の筋よりも、舞いの面白さが五番目物の楽しみである。その意味で、豪華で明るい五人の猩々の乱舞はいつまでも心に残る華やかな光景だった。

だが、四人のツレが出るような曲は、両刃《もろは》の剣である。ひとつ間違えると、見るに堪えないものとなってしまうおそれもあった。

五人の中心となるシテをつとめる河原宮之介はもちろん、ここまで弟子たちを導いた定光栄山なる猿楽師の力量は見事と言うほかなかった。

誰もが満ち足りた気持ちで、長い一日のしめくくりを迎えることができたはずだ。

この先は、しばらく江戸でこの『酒瓶猩々』を超える切能は観られないと断言できた。

町人たちも、いまの五番目を口々に賞賛しながら退散してゆく。

黒田家の者の案内で、賓客たちはいったん次の間に下がった。

大広間では酒宴の支度を調えるということだった。

「いや、見事でござった」

「さすがは黒田少将どのでござるな」

「まことに眼福の極み」

「拙者、寿命が延びたような心持ちでござる」

賓客たちも大いに余韻に浸っている。

「では、わたしはそろそろ……」

さすがに酒宴は遠慮しようと、腰を浮かし掛けたそのときである。

裃姿に身を包んだ黒田家中の武士が早足でやって来て、正英の耳もとで何やら囁いた。

正英の顔がこわばった。

「多田どの、少将さまがお召しだ」

文治郎の目を真っ直ぐに見て正英はいった。

「わたしをですか」

あまりにも意外な言葉に、文治郎の声は裏返った。

「身どもが呼ばれたのだが、貴公にもぜひ、同道してほしい」

「はぁ……わかりました」

不承不承にうなずいて、文治郎は立ち上がった。

廊下を先導する黒田家家来の後ろで、正英は小さな声で告げた。

「白洲席で町人が一人、不審な死を遂げたそうだ」

「なんですって、いっ」

文治郎は大きな声を出してから、自分の口を手で押さえた。

長い廊下にはほかの家中の者たちの姿も見える。

「どうやらいまの『酒瓶猩々』の上演中のことであるらしい」

あのめでたい曲の最中に、なんとも皮肉なことだが、不審死とはいったい何が起きたのだろう。

「身どもにも出馬せよとのことらしいが、こんな話だけに多田どのがいてくれれば百人力だ。どうか助けになってくれ」

「かまいませんが……」

妙なところで頼られてしまっている。だが、文治郎としても、話を聞いてしまった以上は、もう少し詳しいことを知りたいのは事実であった。

（どうも、最近、妙な定めに魅入られているようだな）

夏の猿島といい、いまの話といい、文治郎にその気がないのに、なきがらが向こうから飛び込んでくるような気がする。文治郎は内心で苦笑を隠せなかった。

3

家士に先導されて廊下をしばらく歩くと、狩野派と思しき金箔張りの豪奢なふすま絵で飾られた部屋の前についた。

「御目付どのが見えました」

ふすまの前で家士が平伏して部屋の中に声を掛けた。

音もなくふすまが開かれると、小書院とは言え、二十畳近い広さがあった。

四方が花鳥風月のふすま絵で飾られ、金箔張りの格《ごう》天井には、東の青龍、西の白虎、南の朱雀、北の玄武と方角ごとの隅に四神が描いてある。

雪洞《ぼんぼり》に照らされた金色の輝きに一瞬、文治郎の目はくらんだ。

黒ちりめんの紋付を身につけた壮年の男が、枝振り見事な松柏を描いた床の間を背に、太刀持ち刀持ちの小姓を左右に従えて座っている。

この屋敷の主、継高である。

正英を見ると、継高は腰を浮かし掛けた。

徳川将軍の家来という意味では、大名も公儀目付役も変わらない。正英も三河以来の家柄である。一段高いところに座っているのは、はばかられると感じたのであろう。

「あ、いやそのままで」

下野守はにこやかに手で制してから、端座して畳に手をついた。

隣に座った文治郎も平伏せざるを得ない。

「少将さま、本日はまことに素晴らしき『楊貴妃』を拝見つかまつりました。少将さまの艶なる美姫のお姿、まさに眼福でござった」

正英は従五位下なので、それ相応に気を遣って話している。

「おお、そうか。本日は己でもよく演ぜられたように思っておったが、その言葉を聞いて嬉しいぞ」

継高は浅黒く長い顔をほころばせた。目は細いが、目鼻立ちが整って貴人らしい容貌ではある。

継高は楊貴妃の姿で、見物を悩殺したことが大満足のようである。まぁ、たしかに素人離れした芸ではあったと文治郎も思う。

たしか、五十代の半ばになっているはずだが、年よりは若く見える。酒宴の途中に抜け出してきたのか、継高はわずかに頬を赤くしていた。

「実を言えば、予が『楊貴妃』を舞うのは、つい先日決まったことでな。三番目は栄山たち玄人衆の『羽衣』のはずだったのだ。それで、終演が半刻ほど延びてしまって、五番目は篝火を焚かせたのだ」

継高はいたずらっぽく笑った。

「『酒瓶猩々』では、豪勢に篝火をお焚きになったので、興福寺の薪猿楽を観るが如きで大いに楽しむことができ申した」

正英の言う通り、薪猿楽は、奈良興福寺でしか観ることができない。文治郎もその点では同じ思いだった。

「下野どの、終日の観能でお疲れのところ、お呼び立てしてまことに相済まぬ。先に家来に告げさせた通り、本日の演能会の終わりに珍事が起きた」

「町人が頓死した一件でございますな」

「当家に出入りしていた商人だ。むろん町奉行所が調べに参るであろうが、いろいろと詮議される前に、ひとつ下野どのの炯眼《けいがん》で見てほしいのだ」

「お言葉恐れ入ります。拙者の座っていた場所からは仔細が見えず何も気づきませなんだが、病死ではないのでござるか」

「うむ……どうも妙なことがあってな。病死とは断じ難いのだ」

継高の顔が曇った。

「病死ではないとなると、ゆゆしき事態ですな」

正英の答えに、継高は苦い顔でうなずいた。

「ところで、そちらの御仁は」

継高は、文治郎に視線を向けて、けげんな声を出した。

「ご紹介が遅れました。これなるは拙者の学問の師で、多田どのと言われます。諸学に通じているので、お連れした次第でござる」

「多田文治郎と申します……」

文治郎は言葉に詰まった。大名などというものに会うとは思っていなかった。書を教えて遊んで暮らしている浪人者だとは名乗りにくい。

「若年ながら、下野どのの師とは立派であるな」

まんざら世辞でもない調子で継高は言った。

「お言葉、恐縮です」

継高はうなずくと、下座にかしこまる裃姿の武士にあごをしゃくった。

「黒田家江戸留守居役、守田矢平太《もりたやへいた》でござる。以後お見知りおかれまして、格別にご昵懇《じっこん》のほど願わしゅう存じます」

四十歳くらいで丸顔の矢平太はにこやかに笑って頭を下げた。

笑っている目が、油断のない雰囲気を漂わせている。

さすがに公儀や諸家中との交流につとめ、家中に起きた諸問題を公儀が問題視したときには、召し出されて言い訳をする役職である。留守居役の弁舌がまずければ、大名家は大きな処分を受けることもある。有能な士でなければつとまらない役であった。

「これはご丁寧に恐れ入ります。こちらこそよろしくお願いします」

「頓死したのは上州屋勢右衛門という札差でござる。その死にざまについて、ちとお耳に入れたい話がございましてな。おい」

二人の家士が廊下と反対側の障子を開けると、濡れ縁の向こうの白洲に、肩衣姿の町人が平伏していた。

「あれなるは頓死した上州屋の隣に座していた者。当家出入りの廻船問屋で近江屋《おうみや》と申す者でござる。これ、近江屋、先に拙者に話したこと、殿の御前でいま一度お話し申せ」

矢平太はやわらかく言ったが、近江屋はかしこまっているばかりである。

「どうした、近江屋」

「へへっ」

近江屋は平伏したままでいる。

「よい、直答を差し許すぞ」

継高の言葉にようやく近江屋は顔を上げた。

髪の真っ白な生真面目そうな還暦近い男である。白洲に頭を擦りつけていたために砂利の痕が額にできている。

「実は、『酒瓶猩々』の中入が終わり、後場が始まってすぐのときでございます。そうそう、橋掛かりから二人のツレの猩々が最初に出てきて舞い始めた頃合いです。上州屋さんがいきなり苦しみ出しまして、わたくしが大丈夫かと尋ねますと、口から泡を吹きながら『ああっ、してやられた』と……」

「『してやられた』とそう申したのだな。それだけか」

矢平太は重ねて訊いた。

「続けて『なぜ、せがれの……』と、これだけ言って、薄縁の上でうずくまってしまいました」

近江屋はそのときのことを思い出したのか、恐ろしそうに眉をひそめた。

「尋常ならざる断末魔の言葉でござるな」

下野守はうなった。

「たしかにこの世に存念を残していると思われますね。襲われたことはもとより、襲った相手も知っていたとしか思えません」

「御両所ともそう思われますか」

文治郎の言葉に矢平太は暗い顔で言った。

「残念ながら、病死とは思いにくいですね。それに、『なぜ、せがれの……』という言葉の意味がわかりません。謎を解く鍵だと思いますが。あとひと言ふた言でも言葉を残してくれていればよかったのですが」

矢平太はうなずくと、近江屋に問いを重ねた。

「終演後に係の者に起こされるまで、なぜ、異変を申し出なかったのだ」

「舞台に迷惑を掛けられませんから、そっと揺り動かしてみたら、上州屋さんは息をしておりません。悪鬼怨霊の祟りかと、わたくしは恐ろしくて声も出ませんでした。目の前が真っ暗になったと思ったら、気を失ってしまいました。気づいたら、ご家中の方に頰を叩かれていたという次第で」


近江屋はおどおどした調子で答えた。

「そこもとまた、うずくまったまま気絶しておったと聞く。二人がうずくまっていて、ほかの者は気づかなかったのであろうか」

「たまたまでございますが、上州屋さんが一番後ろの一番右に座り、わたくしがその左でしたので、まわりの者は気づかなかったのかもしれません」

「なるほど、二人は坤《ひつじさる》（南西）の角に座っていたのですね。死んでいる上州屋さんと気を失っている近江屋さんを眠りこけていると思い込んだのかもしれませんね。もっとも、気づいた人があったとしても、関わり合いになりたくないので、見て見ぬふりをして立ち去ったのでしょう」

自分に累が及びそうになると、世の人は意外に薄情であることを、文治郎は知っている。

「ところで、そこもとは上州屋勢右衛門とは知己であるか」

「いいえ、屋号しか存じません。今日初めてお目に掛かったので」

とんでもない、自分は関わりはない、というように近江屋は大きく首を振った。

「以上の通りでございます。何かご下問はございませぬか」

矢平太の問いかけに文治郎も正英も首を横に振った。

継高も訊きたいことはないようであった。

「下がって控えておれ」

障子が閉じられた。

「下野どの、どうだろう。当家の不面目とならぬように、力になってはくれまいか」

継高は威を保ちつつも、慇懃な調子で請うた。

「ほかならぬ少将さまのお望みとあっては、否やを申すべくもございません」

「多田どのにも頼みたいのだが」

継高の依頼に「待ってました。喜んで」と言いかけて、文治郎はあわてて言葉を呑み込んだ。実は上州屋の臨終の言葉を聞いてから、文治郎の物好き（好奇心）がウズウズしていた。とはいえ、人の死に際してあまり浮き足立つわけにはいかない。

「お力になれるのであれば」

文治郎は平らかに答えた。

昨日は老中や若年寄さえも列座していた演能会である。もし、衆人環視の中で商人が賊徒に襲われたのだとすると、武門の恥である。福岡黒田家は大家でありながら、上屋敷の警備もできぬという不面目にもつながってゆく。

町方には騒がれたくはないはずだ。また、公儀内部にも初めから味方を作っておきたい。そこで正英に相談する形を取って、今回の件が幕閣内で大ごとにならぬように、根回しをしておきたいのだ。

泰平の大名はいろいろと気遣いをしなければ、家中にどんな災いを呼び込むか知れぬ。

正英の石高は二千石に過ぎない。しかし、目付役は、旗本や御家人の監察にあたる重職である。そればかりか、老中が施策を実行に移す場合には、目付の同意を要する定めとなっていた。さらに、不同意の場合には、将軍や老中にその理由を述べる権限も有していた。

「下野、できる限りのお役に立てるように努めましょう」

「おお、それは重畳。さっそく、この矢平太に案内させる。なにか明らかになったら、矢平太に伝えてくれ」

継高は顔をほころばせた。

「本来ならば、下野どのには、本日の祝宴に連なって頂いているところで、まことに申し訳の次第もない。埋め合わせといってはなんだが、後日あらためて一席設けることにいたす。その節はよしなに」

「いやもうどうぞ、ご懸念なく」

正英はやんわりと答えた。

「客を待たせているので、失礼する」

継高はそれだけ言うと立ち上がって奥へ消えた。小姓二人が後を追った。

今日は親戚筋の池田侯などの大名も招かれている。

酒宴を抜け出してきたことは、継高にとって上州屋の頓死が、心底気掛かりである証左と思えた。

書院から下がると、矢平太は、大広間前の白洲席へ文治郎たちを案内した。

白玉砂利を踏んで歩く途上で、矢平太はしたり顔で二人に言った。

「近江屋は検束してあります。後でお尋ねになりたいことがあれば、仰せつけ下さい」

文治郎は確信していた。もし、近江屋が凶徒であるとすれば、上州屋を襲った後に素知らぬ顔で白洲席を退出するはずである。だが、最後まで残っていた、ただ一人の町人が近江屋なのだ。

上州屋と面識がないという近江屋の言葉にも嘘があるとは思えなかった。

「その必要はないと思いますが……」

「はぁ、さようで……」

矢平太はおもしろくなさそうに口をつぐんだ。

町人姿のままの甚五左衛門が、息を弾ませて白洲に姿をあらわした。帰り道を歩いていた甚五左衛門を、正英は家士を急がせて呼び戻したのだった。

白洲席の前には何人かの家士と小者たちが立っていた。

「公儀御目付役稲生下野守さまと多田文治郎先生でいらっしゃる。こちらは町人の姿をされているが、下野守さまの下役の宮本さまだ。上州屋頓死の一件についてお調べ願うことと相成った。そのほうらはお手伝いをせよ」

矢平太の下命にその場にいた者たちが、いっせいに頭を下げた。

「拙者は、ご来客のご接待がございますゆえ、ここからはこの三宅新左衛門がご案内申し上げます。馬廻りで当家猿楽差配の任に当たっております。また、本日の奉行をつとめた者でございます」

矢平太が、小柄な四十前くらいの裃姿の武士を紹介した。

「三宅新左衛門でござる。よろしくお願い申し上げます」

新左衛門は人のよさそうな丸顔に、いささか警戒の色を浮かべて頭を下げた。

「稲生下野でござる。足労を掛けます」

正英は鷹揚な調子で答えた。

宵闇が白洲席を包んでいた。

新左衛門は、白洲席近くにあらためて篝火を焚かせた。

白洲席の南側の入口は二人の小者が六尺棒を手にして守っていた。

「それでは、皆さま、ご検分を願いとう存じます」

慇懃に言う新左衛門を、正英は手で制した。

「検分などは致さぬ」

「はぁ……しかし……」

新左衛門はありありととまどいの色を浮かべた。

「よいかな、三宅どの。先に少将さまも仰せだったが、大名家出入りの町人に起きた変事は南北の奉行所が調べるべきものでござろう。身どもらは、少将さまのたっての願いとあって、ただ単に見物するだけのこと。そこをお間違えなきよう」

正英としては役儀の上で、この一件を職務として扱うわけにはゆかぬのだ。

まして、文治郎は俗学の徒に過ぎない。大名家で起きた殺しなどには首を突っ込めるはずもない。

町奉行から正規の検分役が来る前に事態を把握したいという、継高の意に応えるためにここに立っているに過ぎない。

「なるほど、失礼を申しました。とくとご覧下され」

新左衛門は頭を掻いて答えた。

「それではご免」

正英が白洲席に入るのに続いて、文治郎も青竹垣のなかに足を進めた。

このような事態になるとは思っていなかったし、礼式の場なので、矢立と帳面は持って来ていなかった。

牡丹文様を彫った真鍮の矢立は、文治郎にとって刀よりも大事なものであったが、大大名家の大広間に、腰に矢立を吊して入るわけにはいかなかった。

すべてを頭の中に叩き込む気概で、文治郎はなきがらに近づいていった。

町人たちの姿はすでに一人もなく、白洲席に上州屋勢右衛門のなきがらが残るばかりである。

文治郎には、白洲席を囲む青竹垣が結界のように思われた。

近江屋の申し立て通り、上州屋のなきがらは、白洲席の坤の角近くに横向きに倒れていた。

白洲席のなかでも、舞台がいちばん見えにくい場所である。

「おい、なきがらを仰向けにしろ……そっとやるのだぞ」

新左衛門の言葉に従って、黒田家の小者たちが上州屋のなきがらをひっくり返した。

上州屋は両手で空を鷲づかみにして死んでいた。

不様な両腕を尋常な姿に戻してやりたいところだ。

一刻は経たないと、なきがらは硬くなり始めないが、町方の検分の前に、現状をあまり大きく変えることははばかられた。

眉間に深い縦じわを刻み、舌はだらりと出て、口から泡を吹いた痕跡も止めていた。

文治郎は反射的に身を引いてしまった。

いつ見ても殺された者の死に顔というのは気味が悪い。

その場にいた誰もが上州屋のなきがらに合掌した。

文治郎も瞬時、瞑目して手を合わせた。

上州屋勢右衛門は五十過ぎか。四角い顔に太い眉がいかつく因業そうに見える。

黒田家の小者が龕灯《がんどう》提灯で上州屋の小太りの身体を照らしてくれた。

「胸のあたりを開いて、襟元をくつろげろ」

龕灯が近づけられた。

唐桟《とうざん》羽織の胸元が開かれる。

黒い胸毛の目立つ上半身を、文治郎は仔細に眺めたが、はっきりとした傷は見当たらなかった。

「胸や腹に傷らしい傷はないですね」

「さようだな。あるいは卒中なのではないのか。断末魔の言葉は、病から出たうわごとと言うこともあり得る」

正英はあごに手をやって言った。

「まぁ、背中も見てみましょう」

文治郎の言葉に、新左衛門が硬い声で命じた。

「おい、なきがらを俯《うつぶ》せにしろ。今度も丁寧にやるのだぞ」

唐桟羽織の背にはこれと言って変わったところは見られなかった。

「おや……これは……」

文治郎の目は、上州屋の首の後ろに引きつけられた。

ぽつんと黒い染みがある。

「傷はこれですね。やはり、ただの卒中ではないようだ」

文治郎は鼓動を抑えつつ、あえて平滑な口調で言った。

「すみませぬが、どなたか手桶に水を汲んできて下さい」

黒田家の家来たちは動かずにいる。新左衛門の下命以外を聞いていいかどうか判断できぬのだろう。

「疾《と》くとご下命に従わぬか」

新左衛門がいらだちの声を上げた。

一人の小者がはじかれたように走り出し、すぐに手桶に水を汲んできて文治郎の足元に置いた。

文治郎は懐紙を取り出して水に浸すと、上州屋の首を拭った。

「龕灯の灯りで照らしてください」

傷のあたりにぼわっと灯りの輪が作られた。

黒い丸い傷がぽつんと残されていた。

「これはふつうの刃物の傷じゃない……」

文治郎の言葉に正英もうなずいた。

「さよう。突き傷には違いないが、五分（約一・五センチ）にも満たぬ」

「うーん、たとえば刀や匕首ならば、こうはなりませぬな」

甚五左衛門も傷に見入っている。

文治郎は顔を近づけて傷を仔細に眺めた。

「おそらくは、畳針のようなもので突いた傷ですね」

「いったい、どのようにして殺されたものか」

正英は腕を組んで首をひねった。

「上州屋は、白洲席の隅のいちばん後ろに座っていたわけですから、賊は青竹垣の外から凶行に及んだものと思われます。また、おそらくは毒を仕込んだ針を埋め込んだ長柄の得物で突いたのでしょう。毒死か否かを、後で医者に検屍してもらったほうがよいと思います。まだ死斑が出るほど時が経っていませんから、毒死かどうかもわかりにくいです」

新左衛門が目をまるくした。

「多田先生は医術もお修めなのでござるか」

「森羅万象あらゆることに関心がありましてね。本草（博物学）でも、本道（内科医術）でも師について学びたいと思っております。町方で使う『検使口伝《けんしくでん》』などの手引き書も手に入れて読んでおりますので」

「奉行所の与力にでも推挙したいところだな」

正英はおどけて眉をひょいと上げた。世俗に通じていないとこなせない町方の仕事などを文治郎が好むはずがないと正英は知っている。むろん冗談である。

「いやいや、そんな大役はとてもつとまりません。ご免こうむりましょう」

調子を合わせ、文治郎も怖がるふりをしてみせた。

「文治郎は、いささか臆病者ゆえ、与力役には向きませんな」

甚五左衛門はとぼけた口調でからかった。

「余計なことを申すな……問題は、賊がどこに潜んでいたかということですね」

本舞台の東側の泉水の向こうから明るい十六夜月が昇り始めた。

地謡座を通して、白洲席に月光が差し込んだ。

文治郎は白洲席の南側を見渡した。

一間幅の狭い通路を隔てて、桟瓦《さんがわら》を載せた平屋の長い棟が左右に延びている。

「この建物はなんですか」

「これは楽屋でござる。シテ方の楽屋は鏡之間のすぐ西側にありますが、ワキ方や狂言方、囃子方がこちらの楽屋を使うのでござるよ。殿のお気持ちで稽古場も設けられておりますので、かように大きな建物となっております」

継高はやはり相当な猿楽好きのようだ。

「上州屋さんが襲われたと思われる、後場が始まってすぐの頃には、この楽屋に誰かいたでしょうか」

「中入のおりに、アイの水神役をつとめた役者以外の狂言方が、それこそ何人もいたと思います」

新左衛門は当然のことのように答えた。

「高窓しかありませんね」

楽屋棟は一丈半（約四・五メートル）ほどの高さがあったが、一丈ほどのところに、高窓が並んでいた。

「北側ですから、通風のための窓しか設けてござらぬ」

「あの高さからでは、弓でも使わない限り白洲席は狙えないな……」

「したが、矢が残っていない」

正英は高窓を見上げながらうなった。

「傷のようすを見ても矢傷とは思えない。やはり、長柄の先に針を仕込んだもので突いたと思います。三宅さん、上演中はこの楽屋棟の前にも警固の方はいたんですよね」

「この場所は大広間前と違って手薄ではござったが、東の端に二人、当家で無足組と呼ぶ徒士衆が警固に当たっており申した」

「後でその方たちにもお話を伺いたいのですが」

「当家の者をお疑いか」

新左衛門は声を尖らせた。

「まさか。上演中に怪しいことがなかったかを確かめたいのです」

「はぁ、さようでござるか」

新左衛門は納得したのかしないのか、あいまいな顔でうなずいた。

「縁の下がありますね」

楽屋棟には半間近い高さの縁の下が設けられていた。

覗き込んでみると、向こう側は中庭のようになっている。

「縁の下の南側はどうなっているんですか」

「東西に大書院があって、両方とも濡れ縁付の廊下が設けられており申す。中庭があって南奥は御膳所棟となっております」

「なるほど、ちょっとご免」

返事も待たずに、文治郎は縁の下にもぐり込んだ。漏れくる月光を頼りにしばらく進むと、小さな池を持つ中庭に出た。

新左衛門の言葉通り、左右には濡れ縁付の廊下が延々と延びている。

背後から正英や新左衛門たちがぞろぞろと姿をあらわした。

微妙に厠の臭いが漂っている。

左手を見ると、細長い小屋のような建物が楽屋近くの東側に建っていた。

「三宅さん、あれは雪隠《せっちん》ですね」

文治郎はかたわらに立った新左衛門に訊いた。

「さよう。大広間や東西の書院に招いた客などが使うように中庭に設けてござる」

文治郎の頭の中で何かがはじけた。

「とすると、今日の上演中もあの雪隠を使った訪客がいるということですね」

「仰せの通りでござる」

「誰が雪隠を使ったかわかりますか」

「いや、それは無理ですが、大広間を出た者はわかります。廊下の南北に無足組が一名ずつ控えておりましたので」

「それはよかった。後で、その係の人にお話を伺いたいです」

黙ってやりとりを聞いていた正英が口をはさんだ。

「というとつまり、多田どのは、賊がこの中庭から縁の下を進み、そこから上州屋を襲ったと推察しているのだな」

「いや、断言はできません。しかし、その恐れはじゅうぶんにあると思います。雪隠に行くふりをして、この縁の下にもぐり込み、長柄の得物で上州屋さんを突いた。その後、何食わぬ顔をして元の席に戻った。この動きはじゅうぶんに可能です」

文治郎は縁の下を指さした。

「たしかに雪隠に行った者を調べるべきであるな」

正英は低くうなった。

「とすれば、白洲席にいた町人ではござらぬな」

「なにゆえ、そう思われますか」

文治郎にもある程度の答えは予期できた。

「町人たちには番ごとに五回入れ替えて舞台を観覧させており申す。従って雪隠も使わせませぬ。長くて一刻、それくらいは小便を我慢してもらいたい。まぁ、致し方ない場合には許すのでござるが、白洲席はすし詰めに近い。たとえば前の列に座る者が外へ出ようとすれば、大騒動でござろう」

町人たちの入れ替えには気づいていたが、番ごととは確かめていなかった。

一番が終わると、どうしてもくつろごうとして茶などを飲んでしまっていた。そのときの文治郎は白洲席に関心を向けていなかったのである。

「拙者は特別に許しを得て最初から最後まで五度とも入場させてもらいましたが、たしかにそんな騒ぎは白洲席では一度も起きませんでした」

白洲席で観能していた甚五左衛門も請け合った。

「肝心なことを聞きます。白洲席に招かれていた町人の客たちは、番ごとに間違いなくお屋敷から出ているのですね」

「ええ、その係の者が、小門から出るまで見届けてござる。まず屋敷内に居残ることはできませせぬ」

「とすれば、仮に町人が賊だとすれば、五番目に入った者のなかにいるわけですね」

「五番目の上演中に雪隠に行った者がいるとすれば、その者が賊であろう」

正英は言ったが、賊徒はそう簡単に尻尾を出すような人物ではないという予感を、文治郎は抱いていた。

白洲席へ戻るときに、文治郎は縁の下を仔細に眺め回してみた。

月明かりで見る限り、縁の下は固く突き固められている。ゴミも落ちていなければ、雑草の一本も見当たらない。昨日は老中や若年寄を迎えたのだから、これくらいの準備はしていてもおかしくはない。

「念のため、ほかの三方も見てみたいと思いますが」

白洲席へ戻った文治郎は、正英や新左衛門に向かって請うた。

「左回りに参ろうか」

正英は左手、つまり白洲席の西側を指さした。

「そうですね。まずは西から見ていきましょう」

反対の白州席東側は大広間や舞台のある方向で、賊がそちらから侵入するのは無理だと思われた。上演中は大広間前に十人を超える武士が警固の任に就いていたのである。

　西側には南側と同じような細長い棟が続いていた。

「これは、渡り廊下のようですが」

「仰せの通りです。先ほどのワキ方・囃子方の楽屋から鏡之間を通って、本舞台に通じている渡り廊下でございます」

「廊下だけですか」

「いえ、先のほう、鏡之間の西側にシテ方の楽屋と稽古場があります」

「こちらも高窓しかないですね」

「そうですな。役者が通るだけの雨風避けですし、ここが障子である必要もござらんので」

　新左衛門が言う通り、単なる通路として設けてあるのだろう。ここに障子を並べてあると、雨戸を開け閉《た》てするなどの手間も掛かる。賓客の座る広間から舞台を観る上でも壁となっていたほうがよいのかもしれない。

「縁の下がありますね」

　南側のワキ方・囃子方の楽屋棟と同じような縁の下が続いていた。

「縁の下の向こう側は庭でござる。ご覧になりますか」

「一応、拝見したいです」

言い残して、すぐに文治郎は縁の下にもぐり込んだ。

ワキ方・囃子方の楽屋の場合と比べると、渡り廊下の幅は狭く、すぐに西側に出た。

新左衛門は庭と言ったが、きちんと作庭してある場所ではなく、土が踏み固められた空き地に過ぎなかった。

「さすがに黒田さまのお屋敷ともなると、敷地にも大変にゆとりがありますな」

甚五左衛門はしきりと感心している。

ところどころにススキの枯れ草が生えている。

かなり広いが、がらんとしていて、その向こうはなまこ壁の美しい足軽長屋が延々と続いていた。多くの大名屋敷では、塀の代わりに、このように足軽長屋で敷地を取り囲んでいる。

長屋には無数の格子窓が並んでいた。さらに右手の北側奥には櫓《やぐら》が見えた。

「ここはどんな用途に使っている場所ですか」

「いまから十五年前、寛保二年（一七四二）の如月のことでござる。殿はこの上屋敷で大祝宴を催されました。八代さま（吉宗）が右大臣に、当代さま（家重）が右近衛大将に、西の丸さま（家治）が権大納言に叙任されたことを言祝《ことほ》ぎ申す祝宴でござった。そのおりは、上さまも御成りになり、此度よりもはるかに多くの賓客も見えました。そのおり、猿楽四座（観世座、宝生座、金春座、金剛座）から役者を集めました。このため、楽屋が足りず、仮設の楽屋を設けたのでござる」

新左衛門は誇らしげに肩をそびやかした。

「ほう、たった一度の祝宴のために仮設の楽屋を」

正英に負けず、文治郎も驚いた。

継高の猿楽好きも大変なものだと感じた。

「さようで……ただ、あくまで仮の建物でしたので、長くは保ちません。そこで、祝宴の後に取り壊しました。ただ、また、同じような必要が出たときのために、こうして空地としてあります」

文治郎は足軽長屋に目をやった。

「この長屋から出入りするのは無理ですね」

「もちろんです。足軽たちの目が幾つあるかわかりませんから……どだい、ここを容易に抜けられるようでは、あまりにも守りが薄くまともな大名屋敷とは呼べませぬ」

新左衛門はとんでもないという風に手を振った。

「わかりました。もうここは結構です。舞台のあたりを見てみましょう」

文治郎の言葉に従って、全員がまずは北側の舞台の近くに歩みを進めた。

すでに十六夜月が昇り切り、大広間の本瓦の巨大な屋根に反射して輝いていた。

舞台はむろん、大広間に向かって造られている。

両脇の篝火がぱちぱちと爆《は》ぜながら燃えている。

右手の地謡座の東側を除いて、橋掛かりも含めて舞台に縁の下のような部分はなかった。

つまり、舞台の近辺で、床下に潜んでいる者が人目につかずに白洲へ近づくことはできない造りとなっているわけである。

「念のためですが、階《きざはし》を照らしてみて下さい」

小者が白洲梯子とも呼ばれる階に龕灯を近づけた。

階は三段しかなく、この下に人が隠れていることはできない。

文治郎たちは階の裏側を覗き込んだ。

「怪しいものは残っていないようであるな」

　正英は顔を上げて文治郎に向けて言った。

「そうですね。舞台はいちばん目立ちますから、やはり賊は近づいていないでしょう。いずれにしても、舞台から人目につかずに白洲席へ降りることが無理だということははっきりしました」

　となれば、やはり賊は雪隠に行くふりをして中庭から楽屋の縁の下に潜り込むという手段を用いたのであろうか。文治郎は、廊下に控えていた武士の話を早く聞きたいと思った。

4

　闇の向こうから、一人の武士が近づいて来た。

「三宅さま、よろしいですか」

「なんだ。お検《あらた》め中だ。用があるなら後にしろ」

　つっけんどんに新左衛門は答えた。

「それが、定光流宗家の栄山どのが手がつけられないほど怒っているのです。できれば、お越し願いたいのですが」

「そうか……無理からぬことかもしれぬ。すぐに参ろう」

新左衛門は大きく舌打ちした。猿楽師が機嫌を損ねているからといって放っておけばよさそうなものだ。

だが、本日の演能の奉行とあっては、警固に抜かりがあったと誹《そし》られても無理はない。とりあえず顔だけでも出しておこうというのだろう。

「お聞きの次第でござる。まことに申し訳ござらんが、あちらで茶でもお出ししますゆえ、しばしお待ち願えませぬか」

「お待ちください」

会釈して立ち去ろうとする新左衛門を、文治郎は引き留めた。

「わたしも同道させてください……念のため、家元にもお目に掛かっておきたいのです」

「身どもも参る」

瞬時、ためらいが見られた新左衛門だが、あきらめたようにかるくうなずいた。

「では御両所、シテ方の楽屋までご同道願いたい。舞台から上がりまする」

「ほかにも入口はありますよね」

いくらなんでも、日頃常々、舞台から出入りすることはあるまい。

「中庭まで戻って西書院の廊下から入れますが、かなり遠回りなので……」

「もしよろしければ、そちらから入ってみたいのですが……」

「はぁ……かしこまりました」

新左衛門は気乗りしない調子で答えを返した。

猿楽師や囃子方の者が賊徒とは考えにくい。が、建物の造りを知っておきたかった。

新左衛門に先導されて、文治郎たちは大広間棟とワキ方・囃子方の楽屋棟の間に入っていった。二つの建物の間が一間幅ほどの通路となっていた。

「この細道が、町人たちが出入りした経路となります」

通路を辿ると、すぐに雪隠の横に出た。

先ほどは縁の下にもぐって通過してしまった行程ということになる。

「東西の書院に通ずる左右の渡り廊下にそれぞれ入口がござる。シテ方の楽屋へはあちらから入れます」

新左衛門が指さす先に、沓《くつ》脱ぎ石が置かれた引戸が設けられていた。楽屋や白洲とは反対側の南の隅である。

引戸を開けると、畳敷きの渡り廊下は両側ともに明かり取りの高窓しか設けられていない。

新左衛門は廊下の突き当たりを右に曲がったところにある紅梅が描かれたふすまを開けた。

左手に八畳くらいの畳敷きの部屋があった。

「ここは狂言方の楽屋になります。東へずっと楽屋が続いています」

「あのおりは狂言方の役者さんたちがいたのですよね」

「そうです。アイをつとめた一名を除いて、ここで休んでいたはずです」

とすれば、賊がいまの廊下を通って中庭に出ることはできない。

「シテ方の楽屋はこの奥になり申す」

渡り廊下を進むと左手の西側に、雪中梅を描いたふすまが続いていた。

部屋のなかから、男の怒声が響いている。

「三宅である。入りますぞ」

新左衛門は声を掛けると、すぐにふすまを開けた。

シテ方の楽屋一の間に数人の猿楽師の姿があった。すでに衣装は脱いで黒紋付に着替えている。

部屋の中央で五十前くらいの中肉中背の男が、大きな声で怒っていた。

「宮之介の一世一代の披《ひら》きではないか。めでたかるべき上にもめでたくなければならぬ。それを何者かの手で台無しにされたのだぞ」

男は眉の太い細面のなかで、大きな両眼を怒らせている。

「ご宗家、どうか、どうか」

かたわらに座った三十代半ばくらいのこれまた細面の男が、袴の裾をつかんで諫めている。

「ええい、許すことなどできぬわっ」

宗家と呼ばれた男は、手にしていた扇子を力任せに畳に叩きつけた。

ぐしゃっと骨の折れる音が響いた。

「栄山どの、ずいぶんとご機嫌斜めでござるな」

新左衛門が声を掛けると、男は戸口を見てぎょっとしたように、口をつぐんだ。

「これは三宅さま、とんだところをお目に掛けまして」

栄山は袴に手をついて頭を下げた。

「いや、本日の『酒瓶猩々』まことに見事であったな」

正英は明るい声で賛辞を口にした。

「失礼ですが、お武家さまは」

栄山はいぶかしげに訊いた。

「公儀目付役、稲生下野と申す」

正英の名乗りに、栄山は口をぽかんと開けた後、真っ青になって畳に座り平伏した。

「定光流の家元をつとめております栄山と申します」

師に倣って弟子たちも板の間に座って次々に頭を下げた。

「なにゆえ、御目付さまがお見えになったのでございますか」

震え声で栄山は訊く。

「さよう固くならずともよい。少将どのに頼まれてな。本日の一件のことをいささか調べているが、役儀で参ったのではない」

ことさらにのんきな声で正英は告げた。

ほんのわずかな沈黙をはさんで、栄山は表情をゆるめた。

「そう仰せになっても、大公儀のご監察役さまとあっては、固くなるなというほうが無理でございますよ」

栄山は小さく笑った。

さすがに一門を率いるだけのことはある。怒りを隠しおおす力も強いのだろう。言い換えれば老獪さを持つ人物と考えることもできる。

文治郎は、自らやたらと問いを発するよりも、正英に尋ねさせようと思った。栄山の顔色を横から見続けようと考えたのである。

「いやいや、あくまで少将どのにお伝えするだけだ……それより、本日は気の毒であったな」

「痛み入ります」

栄山の額には深いしわが寄り、頬には暗い陰が見て取れた。舞台が終わってほとんどの客が立ち去るまで、上州屋の死に気づいた者はいなかった。

それでも、めでたい黒田家の演能会の最後を言祝《ことほ》ぐ五番目の最中に人が殺されたことは、神殿の壁に泥を塗られたような思いなのであろう。

「ところで、先に申しておった抜きとは何か」

「これは……つまらぬことがお耳に入りまして」

「よいから話してくれ」

「抜きとはある曲で、初めてシテをつとめることを申します」

「本日のシテは天晴れであったが、シテは初めて演じた者か」

「恐れ入ります。本日はこれなる河原宮之介の抜きでございました」

「河原宮之介でございます」

栄山が左へ顔を向けると、かたわらに座った若い役者が畳に手をついた。

部屋に入ったときに栄山の裾をつかんで諫めていた男だった。

「ほう。これはまたいい男だな」

正英の言葉通り、宮之介は色白で鼻の形がよく目元が涼しい。猿楽師のシテ方と言っても、直面《ひためん》物をはじめ素顔をさらす舞台も少なくはない。容色が整っていることは有利には違いない。

宮之介は照れたような笑いを浮かべて、ふたたび頭を下げた。

「恐れ入ります。本日は宮之介の日々の修練の成果を世に問うための『酒瓶猩々』でございました。黒田のお殿さまをはじめとするご来賓の皆さまに、こ奴めが、将来、我が一門を束ねるに足る才分を持っているか否かを見極めて頂く大切な機会だったのでございます」

「なるほど一世一代の晴れ舞台というわけだな」

「はい、この抜きには若い者ですと、『道成寺《どうじょうじ》』『石橋《しゃっきょう》』など、とくに体力が要る難曲を選びます。『酒瓶猩々』も『猩々乱』と並んで、きわめて抜きに向いた曲でございます」

「ふむ、激しい所作が多い曲であるからな」

「仰せの通りでございます。しかしながら、せっかくの大事の機会に人死にが出てしまいました。こ奴めの本日の初ジテは、忘れられてしまうのではないかと気がかりでなりませぬ」

栄山は唇を嚙んだ。心底悔しそうな表情だった。

「なるほど、宗家の怒りはもっともなれど、本日の舞台の五曲立てのなかでも『酒瓶猩々』は出色の出来であったぞ」

「まことでございますか」

「そうですとも。わたしも存分に楽しませて頂きました」

文治郎も言い添えた。

「そちらさまは……」

栄山は文治郎の顔をじっと見つめた。

「多田文治郎と申します……」

「身どもの和学漢学の師だ」

すかさず正英が紹介すると、栄山はかるく驚きの声を上げた。

「お若いのに……」

「多田先生は、和漢の学に長けているだけでなく書を能《よ》くし、さらに諸学に通じている。年若に似合わず才分にすぐれた学者だ」

正英の讃辞に、文治郎はこそばゆくなってきて、顔を天井に向けた。

「それはそれは……」

「役儀の上でかような姿をしておるが、拙者は御目付の下役で宮本と申す」

甚五左衛門はしゃちほこ張って言った。

「いやいや、皆さままことに恐れ入ります」

栄山は恭敬そのものの態度であいさつした。

「わたしも今日の『酒瓶猩々』には感服致しました。五人の猩々揃いの楽しさは無論なのですが、扇をかざして常座で回って留拍子。シテの最後の舞いを見終えた後は、こちらもまた馥郁《ふくいく》たる美酒に酔ったような心持ちでした」

文治郎は、終曲の時に味わった心地よさを伝えた。

「かたじけないお言葉。これ、宮之介、おまえからもお礼を申し上げろ」

栄山は心底嬉しそうに満面に笑みをたたえた。

「ただいまの多田先生のお言葉、役者冥利に尽きます。この両肩に重くのしかかっておりましたものがさっと消えてゆくようでございます」

河原宮之介は、両の瞳を輝かせ、声を震わせながら礼を述べた。

「けっして、世辞ではありません。扇の動き、足拍子。気迫がこもっているのに軽くふんわりと楽しく明るくめでたく。本当によい舞台を拝見しました」

文治郎が続けると、栄山は、弟子たちに向かって誇らしげに言った。

「下野守さまと多田先生のお言葉、定光流一門にとって、この上なき誉れ。皆もお礼を申し上げろ」

「まことにありがたきお言葉、本日のシテをつとめた者として、これに勝る幸せはございません。同じく舞台に上った者たち皆に大いなる勇気を頂戴いたしました」

堂々とした声音だった。

宮之介に続けて若い三人の弟子たちも口々に礼を述べた。

「この栄山、溜飲が下がった思いでおります」

「それは何より……ところでひとつ尋ねたいのだが……」

「何なりとお訊き下さい」

栄山は穏やかな声で答えた。

「殺された上州屋勢右衛門のことは存じよるな」

「はい、それはもう。贔屓にして頂いておりましたから。残念でなりません」

栄山は目頭を拭った。

金の余っている札差が、猿楽師を贔屓にしていることは珍しくはない。

「お弟子さんなのですか」

文治郎が訊くと、微妙な顔で栄山は答えた。

「まぁ、その……手前の弟子が謡の稽古はつけておりましたが」

「上州屋さんの謡は、あまり上手ではなかったのですね」

「どうも、そうでしたな」

返事に困ったような栄山を見るに、上州屋は芸道方面の才分はなかったのだろう。

「ところで、宗家。上州屋が殺されたことについて、何か心当たりはないか」

「いえ……一向に」

さも意外だという風に栄山は首を振った。

「悪い噂などは聞いておらぬか」

「まったく聞きません。ただ、たくさんの方に金子を廻していたので、あるいは借金で首が回らぬ客もいたかもしれません」

「ほう、そういう者を存じよるか」

「たしかなことは存じませぬが、お武家さまが多かったようです」

「なるほど、武家客を調べてみなければならぬな」

「上州屋さんには、ご長男がおりますので、お店でお訊きになったらいかがですかな」

「そうか、跡継ぎがいるのだな。店に誰か遣わしてみよう」

「お店は御蔵前片町にございます」

文治郎の寓居とは目と鼻の先である。

札差は浅草蔵前近辺に店を出しているのがふつうだった。

公儀の御米蔵（浅草御蔵）に全国の領地から集まった年貢米は旗本御家人の俸禄となる。だが、武士は米の扱いなどは苦手である。そこで、旗本御家人に代わって受け取りや運搬、売却を行い、その手間賃を取ることを稼業としていたのが札差である。

時代が下るにつれ、蔵米を担保に高利貸しを行い巨万の富を得る者が増えていた。蔵に金がうなっている札差は少なくなかった。

「多田どの、ほかになにか訊きたいことはあるか」

正英が文治郎に向き直って尋ねた。

「いえ……いまのところは。また、お訊ねしたいことが出てきたら、お屋敷に伺います」

「いつでもお尋ね下さいまし。手前どもは、麻布龍土町《あざぶりゅうどちょう》に居を構えております」

「龍土町と申すと、黒田家中屋敷の近くか」

「はい、御中屋敷の裏手でございます……あの……稲生さま……」

栄山は恥ずかしげに言葉を途切れさせた。

「先ほどは取り乱したところをお目に掛けてまことにお恥ずかしゅう存じます」

「さようなことはもう忘れたわ。気にされるな」

「ありがとうございます」

栄山は深々と頭を下げた。

「予期せぬ騒ぎが起きたために、まだ少将どのとは本日の舞台の話はしておらぬ。が、後ほど、ゆるりとお話しするつもりだ」

「何とぞ、何とぞよろしくお願い申し上げます」

黒田家お抱えの猿楽師にとって、何より大事なのは当主のご機嫌であることには違いない。正英も思いやりのある武士だと、文治郎はこころよく思った。

「大殿さまに、よしなにお伝えくださいませ」

ふたたび平伏する栄山と四人の弟子を残して、文治郎たちは楽屋を出た。

白洲席付近に戻ると、すでに上州屋のなきがらはどこかに片づけられていた。

大広間のほうからは盛り上がる酒宴の人声が響いてくる。

青竹垣の外で、肩衣をつけた四十年輩の二人の武士が控えていた。

「演能中に白洲席に一番近いところを警固しておりました無足組の者たちでござる」

新左衛門が紹介すると、素朴そうな顔つきの二人は黙って頭を下げた。

「後場で、怪しい動きをしている者は見かけませんでしたか」

文治郎の問いに二人の武士は顔を見合わせた。

「とくに気づきませなんだ」

背の高いほうの男が答えた。

「賊は、この楽屋の西端あたりから、長柄の得物で上州屋さんを刺したと思われるのですが、棒状のものなど見かけませんでしたか」

重ねての問いに、いまの男が困ったように答えた。

「我らのつとめは大広間を守ることでござる。白洲席から胡乱《うろん》な者が飛び出してくるようなことがあったときに取り押さえるためにこの楽屋の端に座っており申した」

もう一人の小柄な武士が言葉を引き継いだ。

「さよう。白洲席で騒ぎでも起きればともかく、さなくば我らは白洲席と本舞台の間を監視し続けておりまする。白洲席後ろ端のことなどは見ており申さぬ」

「わかりました。お二方は立派におつとめを果たされたと思います」

「うむ、慰労なくつとめたと存ずる」

下手なことをいうと、この二人が責めを負わなければならない羽目になる。

「ほかに伺うことはありません」

二人の武士は頭を下げて大広間の方向に立ち去った。

「ひとつわかったことがありますよ」

文治郎の言葉に、新左衛門が驚いて訊いた。

「何がわかったのでござるか」

「賊は、上州屋さんの座っていたあたりへの、ご家中の方の注意が行き届かないことをあらかじめ知っていたのではないか、ということです。たとえば、わたしにはそんなことはわかりません。賊はこのお屋敷の造りにも詳しく、今日の祝儀能についてもよく知っていたということです」

「というとつまり……」

新左衛門が不安げに訊いた。

「ご家中の方かもしれません。もしくはこの上屋敷によく出入りしていて、かつ、今日の舞台まわりのようすをわかっていた者が怪しいです」

「そんな……家中の者ということなど信じられぬ」

　肩を落として新左衛門は答えた。

「得物とした長柄の武器も持ち歩いていれば目立ちます。上演前にどこか……たとえば縁の下や雪隠裏などに隠しておいたのかもしれません。やはり、この舞台まわりに詳しい者が賊徒であると思われます」

「うーむ。しかし、家中の者がなぜ……商人などを……」

　新左衛門は冴えない顔つきで訊いた。

「これはまったくの想像に過ぎませんが、上州屋さんから借りた金で首が回らぬ者かもしれませんね」

「おお、そういえば、栄山どのがそんな話をしておったな」

　正英は膝を打たんばかりに答えた。

「しかし、武士たるものが借金逃れのために人を殺《あや》めるとはけしからぬ」

　清廉な目付役たる正英は、吐き捨てるように言った。

「でももし、金を返せぬ不始末を上役の者に訴えると脅されたらどうでしょう」

「なるほど……武士としては不名誉不面目につながる。背に腹はかえられぬということだな」

　正英はしたり顔でうなずいた。

「誇り高き、我が黒田家中の者に限って、そのような愚行は犯しませぬっ」

　新左衛門は目を怒らせて、大きな声を出した。

「これはご無礼を。何度も申しましたが、家中の方と決まったわけではありません。いまも言いましたが、よく出入りしていた者も考えねばならないと思います」

「町人同士の争いに決まっておる」

「まぁ、まだ賊を決めるのには、材料が足りなすぎます」

　なかなか怒りが消えない新左衛門を、文治郎はやわらかくなだめた。

　長柄の針で毒殺するという殺し方は、ふつうの商人には考えつかない気もしていた。だが、予断は禁物である。

「そうそう、雪隠に出入りしていた者を調べねばならないですね」

　文治郎の言葉に、新左衛門はぎょっとしたような顔つきになった。

「あ……少しお待ちくだされ」

　新左衛門はかたわらの小者になにか耳打ちした。

すぐに小者は大広間のほうに走り去った。しばらくすると、肩衣をつけた二人の武士を伴って帰ってきた。二人とも若く顔立ちのいい武士だった。

「大広間の廊下に詰めていた馬廻りの者たちでござる」

新左衛門が紹介すると、二人は丁重に頭を下げた。

「中入から後場の間に、雪隠に行った者はいますか」

「はい……お二人」

二十代半ばくらいの武士が答えた。

「何者かわかりますか」

「はい、一人は、お旗本だと思いますが、竜門の裃姿で、こんな形の紋が抜かれていました」

武士は棒を拾うと、地面に◇形の絵を描いた。中央部でさらに小さい◇が抜いてある。

「これは釘抜紋ですね。三宅さん、誰だかわかりますか」

「いや、百人を超える訪客の家紋すべてを、諳《そら》んじているわけではござらぬゆえ……御留守居ならおわかりかもしれませぬが」

新左衛門は言葉を濁した。

「釘抜紋は少ないですね。大名家ならこれと同じ紋は、越後国村松の堀家ですが、旗本となると、さすがにわかりかねます」

文治郎も旗本の家紋は、それほど知らなかった。

「川勝右膳《かわかつうぜん》と申す二百石取りの奥祐筆ではないかな」

正英はさらりと言ったが、新左衛門は目をまるくした。

「よくご存じでございますな」

「身どもは目付役であるからな」

正英はかすかに笑った。

文治郎には信じられなかった。御目見得以上でも五千人はいるはずである。いかに正英が有能でも、すべての旗本の家紋を覚えているはずはなかった。

甚五左衛門が含み笑いを浮かべている。何かわけがあるに違いない。

後であらためて訊いてみようと、文治郎は思った。

「ところで、雪隠に行ったもう一人はどんな人物なのですか」

文治郎のこの問いに、二人の馬廻りの武士は顔を見合わせた。

咳払いが響いた。

「拙者でござる」

新左衛門のちょっと嗄れた声だった。

「なんですって」

文治郎は思わず大きな声を上げてしまった。

「いや、奉行としてのつとめに、朝からずっと身体が強ばり続けていて厠が近くなりましてな。終演のおりには、ご来賓にごあいさつをせねばならぬ。その前に小便をして参った」

気まずそうな色は微塵もなく、むしろ開き直ったような口調だった。

「もっと早く言って下さればよかったのに」

愚痴めいた苦情が文治郎の口から出ると、新左衛門は背を伸ばして答えた。

「多田先生のお話では、なにやらん、その……『酒瓶猩々』のおりに雪隠に行った者が怪しいというようなことでござったゆえ、言い出しにくかったのでござるよ。これは、賊徒は拙者ということに相成りますかな。あっはっは」

大笑する新左衛門はやはり開き直っているようにも見えた。

むろん、雪隠に行っていただけで、賊と決めつけるわけにはいかないのだが……。

あごに手をやって考えていた正英が、腕をほどいて取りなすように言った。

「どうかな、多田どの。ほかに調べ残しはないかな」

「……そうですね。とりあえずは大丈夫でしょう。足労をおかけしました」

上州屋が殺されたときの状況はつかめた。これ以上、新左衛門をたしかな理由《わけ》もなく追及して今後の調べに支障を来しても困る。

「それは結構でござる」

追及されなかったからか、新左衛門はほっとしたように答えた。

「調べ残しに気づきましたら、またお屋敷に伺いたいのですが……」

「それはもう。お二方に力の限り助力いたせとは、殿のご下命でござるから」

新左衛門は胸を叩いて請け合った。

「では、身どもはいま多田どのと見てきたことを、少将さまにお話しして参る」

「では、失礼つかまつります」

文治郎たちは白洲を離れた。

「なにゆえ、釘抜紋だけで川勝右膳とおわかりでしたか」

黒田家中の者の姿が見えなくなると、文治郎はこっそり訊いた。

「此度の一件と関わりがありそうなので、あえて口にしたのだが……」

正英は声を潜めて続けた。

「右膳は役職を悪用し、さまざまな専横が目に余るという噂があってな。目付方で内偵していたところなのだ」

「奥祐筆となると、きな臭い話もありそうですね」

「さよう。石高の割には重き役目であるからな」

奥祐筆は諸大名から将軍や老中などに差し出す書状を確かめる役柄である。奥祐筆の裁量でその書状が将軍などに届くかどうかが左右される。また、幕閣からの書状に記された問題について調べる権限も有していた。奥祐筆の報告如何《いかん》によってある大名に人的・物的負担が課されるか否かが決まる場合さえあった。

このため、諸大名は奥祐筆を恐れ、贈賄をはじめとしてその機嫌を取り結ぶことに力を注いだ。

「実は、本日の演能会にも参っていたのだ」

「あ、それで……甚五左衛門が」

「そういうことだよ、文治郎」

何が悲しくて宮本甚五左衛門が町人に身をやつして白洲席にいたのかがようやくわかった。白洲席から川勝右膳が誰と接触するかなどの内偵をしていたのだ。

徒目付は隠密をもっぱらにする三、四名の常御用のほかにも、臨時に隠密御用を仰せつかることがある。今日の甚五左衛門はまさに臨時の隠密御用をつとめていたというわけだ。

「明日にでも御蔵前片町にあるという上州屋に赴いて勢右衛門が生前、取引していた人々のことを訊きに参らねばなりませんね」

「多田どの、頼んでよいか。わずかばかりだが報酬は出そう。商家に身どもが軽々に乗り込むわけにはゆかぬのでな」

「かまいませんが、町方がうるさそうですね」

上州屋殺しの本来の管轄は町奉行所である。町人か大名家の家臣が賊の場合に限られるが。

「その点については、身どもから北の依田和泉守（政次）どのと南の土屋越前守（正方）どのにあいさつしておく。まずは月番の北に話を通す。懸念なきように」

格としては町奉行のほうが上だが、目付役には旗本の監察を担うという独自の強みがある。また、町奉行に抜擢されるには必ず一度は目付役をつとめていなければならない。つまりは先輩後輩の間柄であった。

「それならばお引き受けします」

文治郎の声は自然と弾んでいた。物好き文治郎としては一度首を突っ込んだこの一件、謎解きしてみたいという気持ちが強かった。

「ありがたい。身どもも黒田侯から直に頼まれたからには粗略にもできぬのでな。さらに、川勝右膳の名まで飛び出したとあっては、これは目付方の職掌。多田どのの英知に頼りたい」

「いやいや買いかぶりは困ります」

「買いかぶってなどはおらぬ。そこもとの手腕はすでに猿島の一件で見せてもらった」

「ひとつだけお願いがございます。甚五左衛門と一緒に調べたいのですが」

「ああ、そうだな。多田どのは役所の者ではないので、お一人では押しも利くまい。わかった。宮本は川勝番から外して多田どのに付けよう」

「ありがとう存じます」

「御目付、拙者もこちらのお役目のほうがやり甲斐があり申す」

甚五左衛門も乗り気だった。

「頼んだぞ。では、身どもは、これで失礼する」

「なにかわかりましたら、すぐにお知らせ申します」

「文治郎、明朝、おぬしの家に参るからな」

「ああ、待っている」

三人は辞儀を交わして、大広間近くで別れた。

文治郎は別段、血なまぐさいことが好きなわけでもなんでもない。いや、むしろ苦手なほうに入る。だが、謎解きとなると物好きの虫がウズウズし始めるのだ。

大名旗本や大勢の町人たちが列座する今日の演能会の場で、上州屋を誰がどうやって殺めたのか。文治郎を魅入らせるにじゅうぶんな謎であった。

第二章　新流儀の輝き

1

「文治郎、まだ寝ているのか」

翌朝早くに戸口を叩いたのは、ほかならぬ宮本甚五左衛門だった。

「なんだ、甚五左衛門ではないか。なにをそんなところに突っ立っているんだ。甚五左衛門よ」

甚五左衛門はめいっぱい顔をしかめた。

「だから、拙者の名を繰り返して呼ぶのはやめろと申しておるではないか」

本人は昔からこの長ったらしい通称を年寄り臭いと嫌っているのだった。

「ほかに呼びようがないではないか。それが嫌なら、早く出世して位階を受け、なんとかの守になればよい。そしたらその官名で呼んでやるさ」

武士は通常は通称で呼び合うが、正英のように従五位下の位階を得て下野守に任じられた場合には、通称ではなく、下野守さまと官名で呼ばれる。

「馬鹿を申すな。徒目付が位階などもらえるほどに出世できるのは稀だ」

甚五左衛門はますます苦々しい顔つきになった。

「では、いっそ出家して法号を名乗るか。さすれば、その年寄り臭い通称と別れられるぞ。五智如来からお借りして五智というのはどうだ」

五智如来は密教で五つの智恵《ちえ》を五体の如来仏に当てはめた仏をいう。

「そんな、如来さまからお借りするなどもったいなかろ……なにを申す。拙者がなんで出家せねばならぬのだっ」

甚五左衛門は唾を飛ばした。

「いや、役儀の上では頭を丸めることもあろうかと思ってな。昨日も見事な商人ぶりだったぞ」

「慣れぬ扮装《なり》は疲れたよ。今日は常の姿に戻ったので気が楽だ」

黒羽織に袴を穿き、むろん二本差している。髪も髷の長い大銀杏に結い直していた。

「それにしても早いな」

「太平楽な文治郎と違ってな。役人も商人も朝寝などしておれぬのだ」

なんとなく不機嫌そうな声で甚五左衛門は言った。

「こっちの役に廻されて不満か」

「どういたしまして」

甚五左衛門は肩を大仰にすくめた。

「逆だ。感謝している。いや、あの川勝右膳という男は本当に胸くそが悪い。内偵なんて役も不向きだが、あいつの役職を笠に着た傲慢ぶりには腹が立ちっぱなしだったのでな。ところで……」

浅黒い顔に甚五左衛門は微妙な笑みを浮かべた。

「なんだよ、その変な笑いは」

「文治郎、おぬし、すっかり乗せられたな」

「なんの話だ」

「此度の一件を調べるのに、しっかり引っ張り出されているではないか。御目付もお人がお悪い」

「いや、稲生どのは清廉の士だぞ」

「その通り、役儀にはまことに高潔なお方だ。したが、人の才分を見抜くし、役儀の上で要り用とあらば、いかなる手を使ってもその才をお使いになる。無位無冠の文治郎の才にここまで頼るとは、ああ、えらいものだ」

「なんだか、変なところで感心しているな」

「まぁ、よい。さっそく出かけようではないか。朝飯は食ったんだろう」

甚五左衛門は気ぜわしくいった。

「おぬしのいうことは滅茶苦茶だな。さっきは寝ていたのかと訊き、今度は朝飯は食ったと決めつける。寝ながら飯が食えるものか」

文治郎はあきれ声を出した。

「飯がまだなら、食い終わるまでここで待っててやるぞ」

「食ったよ」

「手間の掛かる奴だ。それならそうと申せばよいのに」

甚五左衛門は焦れた声を上げた。

「それにしても、ずいぶんと急《せ》いているではないか」

「早く調べを済ませて、御目付に報せねばならぬ」

「甚五左衛門、おぬし、悪相が出ているぞ」

「なんだと。どんな相が出ていると申すのだ」

ぎょっとしたように甚五左衛門は訊いた。

「出世欲に駆られた我利我利亡者の相だ」

「失敬な。拙者は御政道のため身を粉にして働きたいだけだ」

甚五左衛門は声を尖らせた。

「御政道を口にする割には、浦賀にいたときに、そんな顔はしていなかった」

「そうか……」

一転して甚五左衛門の声は力を失った。

「たしかに、出世の見込みのない浦賀奉行所与力であったときには、日々をもっと呑気に暮らしてたかもしれぬ。よく申した。礼をいうぞ。文治郎」

甚五左衛門は袴に手を突いて頭を下げた。こういう邪気のないところが長所だともいえるが、正面切って礼をいわれるほどの話でもないと文治郎は照れた。

「いや、先ほど申しておったように、稲生どのは人使いがお上手だという話だろう。とにかく、お互い、気楽にいこうではないか」

「いや、さすがにおぬしのように呑気にはなれぬがな」

「こいつめ、言ったな」

期せずして顔を見合わせ二人は笑い合った。

柳橋のかたわらに建つ文治郎の長屋から浅草御蔵が始まるあたりまでは十町（一・一キロ弱）ほどしか離れていない。札差に用のある文治郎ではないが、新吉原へ通う際にはこの町を通ることもある。

二人は肩を並べて歩き始めた。

「ところで、町方は昨日の現場を調べたのか」

瓦町界隈の小商店の多い町を歩きながら、文治郎は訊いた。

「大名屋敷の話ゆえ、与力が定町廻り同心を引き連れて昨夜のうちに出張って行ったが、目付方が手を出していると知って型どおりの調べをして帰ったそうだ」

「直参が賊徒だと考えたのかな」

「さぁ、黒田侯みたいな大大名のところを嗅ぎ回るのは嫌だったのであろう」

いくらなんでも正英が町奉行に渡りを付けたにしては早すぎる。甚五左衛門の推測は正しかろう。

「検屍はしたのか」

「ああ、なんとかいう医者も連れていったそうだ」

「慎重だな。で、死因はなんだったのだ」

「文治郎の見立て通り毒死だ。すぐに効く毒で、身体に入れられたらあっという間に絶命するような類いの毒だと聞いた」

「やはり、賊徒は畳針のような太い針に毒を塗って長柄の先に付けて上州屋を突いて殺したのだな」

「いつもながら、文治郎の物を見越す力には驚くよ」

真面目な顔つきの甚五左衛門だった。

「おだてるな。賊徒を見つけなければ何もならぬだろう」

大名中屋敷の続く広い通りから堀割を渡ると、右手に浅草御蔵の壮麗な姿が現れてくる。火除地をはさんで黒い瓦を載せた白壁が延々と続いている。

ここには各地の御料地（いわゆる天領）から集まった年貢米が、六十棟を超える御蔵に収められている。総量はおよそ四十万石に達するという。これらはすべて切米取りの旗本御家人たちの俸禄である。

浅草御蔵は船入堀が八本造られており、大型の廻船が横付けできる便利な造りとなっている。

御蔵の反対側の西隣に作られた町が御蔵前で、米問屋と札差業の店が並んでいる。

間口が広く木口も新しい、いかにも豪商然とした構えを見せている。

上州屋は御蔵前でもすぐ手前の南端に近い片町に店を置いているはずである。
二、三軒を過ぎゆくと、□形の中に「上」の文字を染め抜いた紺地ののれんが続く軒先が現れた。「御蔵米御取扱　上州屋勢右衛門」と墨書された看板も下がっている。
ほかの店にも負けず五間を超える広い間口を持っている。きれいな店先には、きちんと打ち水もまき終えてあった。

店に出入りする商人や、御家人体の武家の姿も見えて、活気がある。

通り土間では揃いの仕着せを身につけた小僧たちが忙しげに立ち働いていた。

「なんと店を開けているぞ」

「なきがらはまだ下げ渡されていないとは思うが、忌中の札も出ていないな」

文治郎たちは店の中へ入っていった。

御家人と、長袖者というか学者風の男が入っていっても、店の中の客も小僧たちも、大きな関心を示さない。金を借りに来た客としか思わないのであろう。

「へぇ、いらっしゃいませ。まずはお掛けくださいませ」

二十代後半くらいのこざっぱりとした手代が、愛想笑いを浮かべて前掛けに手を突いて頭を下げた。

土間の上がり框《がまち》に腰を掛けて、煎茶を飲みながら商談している者たちもいる。

「いや、拙者たちは客ではない。公儀徒目付宮本甚五左衛門と申す。こちらは……」

「下役の多田といいます」

文治郎は調子を合わせて会釈した。

「えー、どのような御用向きでございましょうか」

手代の顔がこわばった。

甚五左衛門は、手代に何ごとかをささやいた。

「かしこまりました。それでは、まずは奥へお進みください。おい小僧や、お客さまにすすぎをお持ちして」

十代半ばくらいのあばた面の小僧が、木桶と手ぬぐいを持ってきた。

足をすすいで座敷へ上がる。

手代は右手の奥のふすまを開けて、廊下を奥へと進んだ。

しばらくゆくと、左手のふすまを開けた。

狭いながらも裏庭を持った客間らしい部屋が現れた。

下座に紬《つむぎ》を着た三十前くらいの男と、木綿物を着た五十がらみの男が座っていた。

二人は、文治郎たちを見ると、いっせいに畳に手を突いた。

「手前が勢右衛門の息子の勢一郎と申します」

若い男は甲高い声であいさつした。

父親の勢右衛門の四角い顔に太い眉とは正反対で、瓜実顔に眉は薄い。高めの鼻のあたりにわがままそうな性根がにじみ出ており、口もとがいささかだらしない感じを抱かせる。

「お役目まことにご苦労さまでございます。番頭の藤左衛門でございます」

番頭はしゃがれ声だった。

髪が白く顔色は黒く、いかにも商家の番頭といった堅実さと油断のない目つきを持っている。

文治郎たちはそれぞれに名乗り、床の間を背にして座った。

床柱に銘木を使っているわけでもなく、天井に贅をこらしてもいない。思ったよりは質素な部屋である。

「今般は、愁傷申し上げる」

「突然のことでお悲しみのことと思います」

甚五左衛門と文治郎が弔意を述べると、二人はあらためて平伏した。

「ご丁重なお言葉痛み入ります」

勢一郎が無表情に答礼した。

「線香を手向けたいところだが、なきがらは下げ渡されておらぬそうだな」

「お心遣い恐れ入ります。いましばらく待てとの町役さんからのお沙汰でして……」

なぜかしらおどおどした調子で勢一郎が答えた。

「あのう……御目付方のお調べということになりますと、主人を殺めたのはご直参ということなのでございましょうか」

藤左衛門が下目遣いに訊いた。

「まだ決まったわけではない。が、そのことも考えて調べを進めておる」

甚五左衛門は素っ気なく答えた。

「ところで、多額の借財をしていて、首が回らないような客はいませんでしたか」

突然の文治郎の問いかけに、二人は顔を見合わせた。

「……まことに相済みませぬが、お客さまの内証（内々の都合）は、さすがにお答えいたしかねます。信用に関わって参りますので」

藤左衛門の口調は丁寧だったが、頑として答えを拒む態度が明らかだった。

「いや、わたしたちも上州屋さんに損をさせるつもりはありません。では、別のことを尋ねましょう。勢右衛門さんに恨みを持っていたような人物に心当たりはありませんか」

文治郎の重ねての問いに、勢一郎は唾を飛ばした。

「父は他人《ひと》さまに恨みを買うような男じゃありません」

「さようでございますとも、主人はまるで仏のようでございました」

これはまったく以てなめらかな声だった。

「それは失礼……では、なぜ殺されたとお思いですか」

「さぁ……」

「皆目見当もつきませんな」

取りつく島もない。

「それではやはり、借金に追い立てられた客が窮鼠猫を嚙むという勢いで凶行に及んだものでありましょうか」

「いえいえ、うちの親父は猫というより鼠のようなもので……」

勢一郎はとぼけたように首を振った。

「では、息子さんも番頭さんも上州屋さんが、誰に殺められたのかも、なにゆえ殺められなければならなかったのかも、まったく心当たりがないとお考えなのですね」

この問いには二人とも無言で首を縦に振るばかりであった。

「ところで、お金を貸すときの利回りはどうなっていましょうか」

「もちろん、ご公儀がお定めの年二割を一分と超えることはございません」

藤左衛門はさらっと答えた。

「よくわかりました」

文治郎が目配せすると、甚五左衛門は話を切り上げた。

「些細なことでもいいので、何か思い当たる節があったら、御城の徒目付番所まで届け出るように。本丸御殿の玄関右横にある。これが御門を通るおりの鑑札だ」

甚五左衛門は小さな木の札を一枚、勢一郎に渡した。

二人は無言で外へ出ると、柳橋の方向に早足で歩き始めた。

しばらく進むと、甚五左衛門が嘆き節を口にした。

「せっかく出張って参ったが、何ひとつわからなかったな」

「いや、そうでもないさ」

「文治郎には何がわかったと申すのだ」

「あの二人は、徹頭徹尾なにかを隠そうと躍起になっていたじゃないか」

「そうか……うーん、なるほど」

「うなってばかりいないで、甚五左衛門の考えをいってくれ」

文治郎はあきれ声でうながした。

「たしかに、あのなきがらは、鼠どころか狢《むじな》のような顔の男だった。仏顔ともほど遠い。くそっ、なにからなにまで馬鹿にしおって」

甚五左衛門は鼻息荒く、きびすを返した。

「どうするつもりだ」

「知れたこと。立ち返って、もう一度問いただすのよ」

「甚五左衛門がいくら強気で尋問したところで、奴らはとぼけるよ」

「そうか、我ら徒目付に対して、ヌケヌケとあんなことを申し立てるくらいだから、腹も据わっておろうな」

「それだけじゃない。どうしても隠したい秘事があるのだよ」

「なるほどぉ。隠したい秘事とはなんだ」

「そんなものわたしにもわかるものか」

「文治郎の神通力でなんとかならぬか」

「わたしは神仙ではないのだぞ……あの手しかあるまいな」

「なにか手があるのか」

「内偵を入れるしかないだろう」

「誰かを奉公人にするのか」

「ああ、下雇いになって五日ほど住み込めば、内情はわかるだろう。借金で首が回らない者が店を訪れるかもしれない」

「ただ、人を選ぶ。相手に油断させるためには男より女がいい。口を滑らせやすくするためには若くてきれいな女がいい。そのうえ、賢くて度胸があって……そんな女がそうざらにいるわけが……」

文治郎と甚五左衛門は期せずして顔を見合わせた。

「お涼だ」

「そうだお涼だ」

二人の声が大きかったのか、すれ違ったお囲い者と小女の二人連れが、あわてて走り去った。

「御目付に頼んでみよう」

「きっと、なんとかしてくれるよ。お涼が稲生家に奉公するときにも、いざとなったら役儀の手伝いをするっていう話になってたんだ」

「危ないことはあるまいな」

「無理はしないように強く言い含める」

二人は柳橋のたもとで別れた。

翌日には、文治郎の申し出を正英が承知して、お涼を内偵に入れることが決まった。

上州屋では十日ほど前から、桂庵《けいあん》（口入れ屋）に、下女を探すように頼んでいた。

だが、給銀が安いためか人気がなく、いまだにつとめようという女がいなかった。

正英は適当な親元を作り上げ、桂庵あての請人《うけにん》（保証人）証文を書かせて、二日後に、お涼は下女として上州屋に入り込めた。

文治郎はお涼の調べを期待して待った。

2

三日後のことである。

いきなり戸口を叩く音がした。

書見をしながらうたた寝をしていた文治郎は跳ね起きた。

浅草寺から夜五つ（午後八時頃）を告げる初夜の鐘が響いてから、半刻（一時間）ほど経っているような気がする。

「誰だい。こんな時分に」

「先生、あたしです」

お涼だ。声が震えている。

あわてて土間へ降りて心張り棒を外し、引戸を開けると、お涼が部屋着姿で立っていた。

「いったい……どうしたんだ……その格好は」

「あの助平男っ」

お涼はわめき声を上げた。

「おいおい、隣近所がわたしのことを非難していると思うじゃないか」

自分の口を手で押さえてから、お涼は目で謝った。

「先生は助平なんかじゃない。よく知ってます」

「それはどうかわからぬがね」

「あら、あたし、先生なら迫られてみたい」

お涼はいたずらっぽく笑った。

「生意気を言うんじゃない」

文治郎は苦々しげに答えた。

「あら、ひどい」

お涼は頰をふくらませた。

いずれにせよ、さっきの震え声は恐怖からではなく怒りから出ていたものと、文治郎は悟った。

「まぁ、とにかく上がりなさい」

「はい、失礼します」

お涼は土間から上がると、座敷にぺたんと座った。

文治郎は長火鉢から鉄瓶をとると、二つの茶碗に白湯《さゆ》を注いだ。

「ありがとうございます。温まります」

お涼はかたちのよい唇をすぼめて湯気を吹くと、白湯をゆっくりと飲み干した。

息づかいが落ち着くのを待って、文治郎は、のんびりした口調を作って切り出した。

「誰かにちょっかい出されたんだね」

「あの末《うら》なりの青瓢箪。ああ、思い出しただけでも虫唾《むしず》が走る」

お涼はめいっぱい顔をしかめた。

「勢一郎か」

文治郎はわがままそうだった勢一郎の顔つきを思い出した。

「何度断ってもしつこく迫って、いろんなところを触ってきて。ああ、いやらしい」

眉間に深い縦じわを寄せてお涼は吐き捨てた。

「おまけに寝床にまで忍び込んでくるんです」

「それでどうしたんだ」

「握りつぶすくらいの勢いで、思い切りつかんでやったら、叫び声上げて逃げ出しました」

「……男の急所をか」

痛みを想像して、文治郎は一瞬、自分の股間を押さえた。

「はい、昼間も何度か拳固で殴ってやったんですけど、それでも懲りないんで」

お涼はけろっと答える。

「夜忍んできたのも、今夜で二度目なんです」

ふたたびお涼の声は怒りに震えた。

「そいつはずいぶんご執心だったんだな」

「このままだと、包丁か何かでお腹えぐって殺しちゃいそうなんで、今夜は飛び出してきました」

さすがに荒海とともに生きてきた漁場の娘は違う。

「ずいぶんと勇気があるな」

「あんな男、しゃもじひとつで半殺しにできます」

勇を誇るでもなく、お涼は平板な声で答えた。

「それは気の毒だった。むろん、もう戻る必要はない。明日にでも、何とかしてもらう」

「ありがとう存じます。稲生のお殿さまも、我慢できなくなったら、いつでも飛び出していいって仰ってたんで」

「それで何かわかったか」

白湯を注ぎ足してやってから、文治郎は肝心の話題に移った。

「あの店……いろいろと怪しげなことがありますよ」

お涼は目を光らせた。

「へぇ、どんなところだい」

「まず、借金が返せなくって泣きついてくる人がたくさんいます。たいていはお武家さまなんですけど、借金の抵当《かた》にいろんなものを巻き上げています」

「たとえば、どんなものだ」

「高そうな刀とか、立派な壺だとかそんなものですね」

「先祖伝来の家宝か……」

「それそれ。それです」

お涼は大きくうなずいた。

「先祖伝来だから、やめてくれなんて、ちゃんとしたお身なりのお武家さまが半泣きになってましたね」

お涼は気の毒そうに言い添えた。

本来、札差の借金の抵当は蔵米そのものである。だが、利息が貯まってしまったら、蔵米ではどうにも追いつかない場合が多い。家宝の刀剣や骨董を巻き上げれば、大きな儲けになるだろう。

しかし、もしそれが何代か前の祖先が、当時の主君からの拝領した品だったとしたら……。

世に広まれば、拝領品を横流しした者の家は間違いなく改易となる。本人も切腹を免れないだろう。

「噂では借金が返せなくて、お腹を召されたお武家さまも、何人かいらっしゃるって話です」

「なかなか悪徳な札差だな。顧客を死に追いやるなんて……さぞかし恨みを買っていただろうな」

「それで、この前、お能のときに亡くなった先代のご主人は、用心棒をいつも付けていたそうです」

文治郎は一瞬耳を疑った。

「用心棒だって……このお江戸であまり聞く話じゃないな」

田舎の貸元など、やくざは腕の立つ浪人者などを用心棒として雇って身辺警護をさせることもあると聞く。しかし、江戸は夜ふけに町外れにでも行かない限り、物盗りなどに襲われることは少ない。用心棒を雇う商人の話など、文治郎は聞いたことがなかった。

「表向きは帳場でそろばんや帳面付けをさせるってことで、腕っ節の強そうなご浪人を、一人雇ってます。でも、そんな仕事は手代さんたちで間に合ってるんです」

「どんな男だ」

「三十代半ばくらいの背の高いお侍です。目つきが悪い男の人です」

「いまもいるのか」

「ええ、あの助平が出かけるときは従いていってます。昼間でもです」

「なるほど、親爺が殺されたわけだから、勢一郎もビクビクしているんだろうな」

「あんなに図々しいくせに、けっこう臆病者ですからね。あの助平は」

「あははは、お涼はさっきから助平、助平と、続けざまに口にしているぞ」

「だって……先代さんは業つく爺で有名ですけれど、あいつは助平で知られていて、泣かされた娘さんも少なくないそうです」

「女を泣かすって、勢一郎がそんなにモテるようには見えないがなぁ」

お涼は大きく首を横に振った。

「そういう意味じゃないんですよ。手籠めにした娘さんが何人もいるという話です。なかには首をくくった人もいるって噂で」

どうやら上州屋の父と息子にはそろってろくでなしの血が流れているようである。ひと言でいえば、金や女に強欲で、他人の不幸など痛くもかゆくもないという連中だ。

「なるほど、それでは大いに恨みを買っているな」

「だから、先代が殺められてから、あいつは滅多に外へ出ません。出るときはいつも用心棒連れです」

「ところで、借金で首が回らない者のうちに、外桜田の黒田さまご家中の武士はいなかったか」

「いますよ」

茶碗から唇を離すと、お涼はあっさりと答えた。

「ほう、名前を覚えているか」

「言い訳に来た人の中で、お名前を覚えているのは……三宅さま」

「三宅新左衛門か」

文治郎はうなった。

「そうそう、そんなお名前でした。丸顔で背が高くなくてふっくらとした四十前くらいのお侍です」

お涼は思い出すような目つきで答えた。

「先日も借金を返せない言い訳を仰りに見えてました。奥さまのお加減が悪いというお話でした。家宝の刀は渡せないとも仰っていました。そしたら、番頭さんがあとひと月は待つとかいってました」

「なるほど……」

新左衛門にも上州屋を殺す理由はあったわけである。

「川勝右膳という名前は聞いていないか」

「ああ、そんな名前も、助平と番頭さんの口から出ていましたね。詳しいことは知らないですけれど」

「やはりそうか」

川勝右膳も賊徒かもしれない。

お涼の功は大きい。

上州屋が強欲がゆえの恨みで殺されたことがほぼ明らかになったともいえる。さらに、衆人環視の祝儀能の場で殺したのも、用心棒と離れているときを狙ったとしか思えなかった。

いつも用心棒を連れての外出となると、上州屋勢右衛門を容易に襲うことはできなかっただろう。それで、十六日の演能会を狙ったというわけだ。いくら金があっても、用心棒を黒田家上屋敷に入れるわけにはゆかないからである。

「お涼、よく調べてくれた。稲生さまに申し上げて、ご褒美をもらってやるよ。何が望みだ」

「あたし……そうだ。珊瑚玉のかんざしが欲しいです。大きいやつ」

目が笑っている。冗談でいっているのだろう。

「聞いてみる」

「嘘ですよ。あたし、ここへ置いて頂きたいです」

お涼は両の瞳を光らせて文治郎を見た。

「それはダメだ。町木戸が閉まらないうちに、稲生さまのお屋敷まで連れてゆく。さ、帰るぞ」

文治郎は素っ気なくいって立ち上がった。

「もう、いじわる」

お涼はぷーっと頰をふくらませた。


稲生屋敷までお涼を連れていって、正英と面会し、お涼の調べてきた上州屋の内情を告げた。

「三宅新左衛門や川勝右膳を賊徒と考えるのは早計です。しかし、上州屋勢右衛門の人柄には大いに難があり、恨みを買って殺されたというのは、じゅうぶんありえることといえましょう」

文治郎の言葉に、正英は大きくうなずいた。

「その通りだ。勢右衛門に恨みを持っていた者を探すことが肝要だ。お涼はよく働いてくれた。後日あらためて褒美をとらすであろう」

「いやいや、こちらに置いて頂けるだけで、じゅうぶんです」

「ところで、川勝右膳について、また、ほかのことについても甚五左衛門がいろいろと調べている。明日にでも、また、貴公の住居に遣わすゆえ、話を聞いてくれ」

「承知いたしました」

「それにしても、此度の殺し、なかなか道筋が見えてこぬな」

正英は肩で息を吐いた。

「まぁ、焦らずゆっくりと調べてゆくしかないでしょう」

「貴公の知恵で快刀乱麻を断ってもらいたい。猿島の如くな」

「猿島のあれは特別です。あのときは賊徒が自らの行いを、世に知らしめたかったのですから……わたしはたまたまそこに居合わせたというだけです。此度のように、人は自らの悪事を隠そうとするわけですから、そうそう容易に凶行の道筋は見えて参りませぬ」

「弱気なことを申さず、調べ続けてくれ」

「しばし、時を下さい」

「わかっておる。頼んだぞ」

正英は真っ直ぐに文治郎を見た。

「力を尽くします」

文治郎は、気負わずに答えた。

庭から夜鳥の寝ぼけて鳴く声が響いた。


翌朝、六つ半（午前七時）頃に、早くも甚五左衛門がやって来た。

「まだ寝ているのか」

「大きなお世話だ」

手水を使って顔を洗い、文治郎は着替えを済ませた。

「広小路まで一緒に来てくれ」

「朝からなんだ。見世物小屋はまだ開いてないぞ」

文治郎の言葉に、甚五左衛門はからかうように答えた。

「適当な水茶屋で飯でも食う」

「朝飯くらい、自分で炊けよ」

「面倒だ。甚五左衛門はどうせ小者に炊かせているのだろう」

「まぁ、そうだが」

「わたしは寝ていたら、飯が炊き上がっているというような結構な身分ではない」

「わかったよ、一緒に行こう」

路地から外へ出て、数十歩も歩かないうちに両国の広小路へ出る。

両国の広小路は両国橋の西たもとに設けられた火除地である。葦簀《よしず》で造った仮設の見世物小屋と何十軒という水茶屋が建ち並んでいる。浅草裏と並んで、江戸の賑やかな盛り場となっていた。

ここで店を開く者は、水害時には水防夫としてつとめを果たすことを、町奉行から仰せつかっていた。

夏の花火見物のときにはどの水茶屋も鈴なりに人が集う。が、暮れの忙しい時期、朝から水茶屋などで油を売っている客はほとんどいなかった。

それでもいくつかの粗末な青天井の水茶屋からは、客に出す茶を沸かす煙などが立ち上っていた。

小腹が空くと、文治郎はここへ来て茶を飲み適当な食べ物を口にしてごまかすこともあった。

「あら、いらっしゃい。お早いですね」

馴染みの水茶屋に近づいてゆくと、前掛け姿も愛らしい十七、八の茶屋娘が愛想よく声を掛けてきた。

「おはよう。野暮天が朝からやって来てね。茶を二つくれ。それと餅を三つほど焼いてくれないか」

「磯辺巻きでいいですか」

「うん、まかせるよ」

葦簀張りの縁台に二人で腰を掛けた。

「ところで、黒田屋敷の一件だが、お涼が仕入れてきた話だ」

文治郎は昨夜、お涼から聞いたことを、かいつまんで甚五左衛門に話して聞かせた。

「そうかぁ、因業爺だったわけだな」

甚五左衛門はさもありなんという顔でうなずいた。

「で、そっちもなにかわかったのか」

「うん……。まずは川勝右膳だが、こいつは此度の一件とは関わりがないだろう」

「なぜ、そう言える」

「拙者が川勝に近づく者を張っていたことは知っていよう」

「ああ、それで商人などに身をやつしていたわけだからな」

「奴が雪隠に行っていた間だけは、目を離したことになるが、そのほかはずっと監視していた。接触した者の名も調べ上げている。だが、そのなかに上州屋勢右衛門と関わりのある者はいなかった」

「だが、川勝自身が上州屋から借金をしているのだぞ」

「しかしな、文治郎。奴は黒田家上屋敷に入るときも出るときも長柄の得物などを手にしていないんだ」

「そうか……」

「しかも、川勝はあの日、初めてあの屋敷に入ったのだ。前もって凶器を隠しておくということもできない」

「甚五左衛門。おぬし、冴えてるぞ」

「冴えてるのはあたりまえだ。だが、なぜだ」

「武士であれ、町人であれ、長柄の得物をあの屋敷に持ち込むというのは、大いに困難な話だ。仮に何本継ぎかになっていたとしても、刀より長いものなんて、そのまま大名屋敷に持ち込めるわけがない」

「というとつまり……どういうことだ」

「要するに、家中の者か、長いものを持ち込める立場の者に限られるというわけだ」

「たとえば、誰だ」

「あの屋敷に出入りする大工や植木職人なんかかな。あるいはそれらの者を使って、ひそかに持ち込ませたのかもしれない」

「うーん、そうか。文治郎の申していることには一理あるな」

「また、家中の者ならば、長屋に暮らす足軽だって、たとえば竹竿を買うこともあろうから、長いものだって堂々と持ち込めよう」

「なるほど。ではやはり川勝右膳ではないのか」

「おそらくは……それに川勝のような奥祐筆ともなれば、借金で首が回らなくなったら、勢右衛門を殺すなどするより、ほかの手を使ったと思う」

「利害のある大名家などを脅したりすかしたりして金を巻き上げるやり口だな。いつも、奴がやっている悪行だ」

「そうだろう。勢右衛門を殺すなんて、割に合わない手段は使わないよ」

「文治郎のいう通りだな。川勝というのはとんだ悪党だが、此度の件からは外して考えてよさそうだな」

「逆にいうと、家中の者で雪隠に行った、三宅新左衛門に話を聞かねばならぬな」

「え、あの日の奉行かい」

甚五左衛門は、首をひねった。

「ああ、たぶん見当違いだと思うが、なにか訊き出せることがありそうな気がしている」

「そうか。上屋敷に行ってみるか。拙者も同道してかまわないか」

「それがおぬしのつとめなのだろう」

「むろんだ。御目付より上州屋殺しの目途を付けろと仰せつかっている」

「じゃ、餅を食ったら、ここを出よう」

文治郎は茶をすすった。

寒気のなか、たとえ安物でも、はらわたに染み通る一杯の茶はご馳走だった。

両国から外桜田霞ヶ関の黒田家上屋敷は一里ほど離れているが、二人は半刻も掛からずに本瓦の屋根を載せた破風造りの豪壮な表門の前に立っていた。

ちなみに潮見坂をはさんで通りの反対側、右手は広島浅野家の屋敷となっている。

門番に用向きを伝えると、しばらくして羽織袴姿の三宅新左衛門が目の下をこすりながら姿をあらわした。

「お忙しいところ、お呼び立てして……」

文治郎があいさつすると、新左衛門は慇懃な調子であいさつした。

「これは多田先生、当家のことではいろいろとお手数をお掛けして、面目次第もございません……あの、ところでこちらは」

「徒目付の宮本甚五左衛門でござるよ」

甚五左衛門が会釈すると、新左衛門の頬がこわばった。

「失礼しました。あのおりとはお姿が違うもので……」

演能会の日に甚五左衛門は町人姿だったので、見違えても不思議はない。

「ところで、多田先生、なにかわかったことがありましたかな」

「いろいろとお話ししたいことがありまして……お屋敷の中で人目のない場所などありませんか」

「はぁ……今日はまだ定光流の連中が稽古に来ていません。楽屋や稽古場なら、家中の者は入って参りませぬ」

文治郎と甚五左衛門の顔を交互に見ながら、気のないそぶりで答えた。

「では、稽古場にでも行きましょう」

「ただいまご案内いたします」

西門から入って、東西書院の間を抜け、雪隠のある中庭から渡り廊下へと上がった。

廊下の突き当たりを右に曲がったところにある紅梅が描かれたふすまを開け、ワキ方の楽屋を通ると、ふたたび廊下を進み、左側のふすまを開けると、先日、定光流の師弟が集まっていた楽屋である。

新左衛門の言葉通り、人影は見られなかった。

三人は鏡くらいしかないがらんとした畳敷きの楽屋に所在なく座った。

「湯茶もお出しできず、申し訳ない」

新左衛門は型どおりのあいさつをした。

「いやいや、人気《ひとけ》のないところを望んだのは、こちらですから……詳しいことがわかってから、黒田のお殿さまには申し上げますが、三宅さんにはいままでに調べたことをお伝えしたい」

文治郎は上州屋にまつわることを話し始めた。

聞いているうちに、新左衛門の顔色がどんどん悪くなっていった。

「三宅さん、あなたも借金をしていたのですね」

文治郎の言葉に、新左衛門は乾いた声で答えた。

「はぁ……まことに面目ない次第で」

「わたしに謝る必要はありませんよ」

「愚妻が多年にわたって身体の具合が悪く、薬湯代がかさみにかさんで、つい上州屋から金を借り申した」

「それで、何かを借財のかたに取られたのですか」

「三代前の弥左衛門が当時の大殿から拝領した棗《なつめ》（茶入れ）でござる」

「したが、抵当は給米でしょう」

「拙者は三百石の知行取りでしてな……国元ならゆったりやってゆける石高でござる。しかし、江戸は諸式が福岡とは比べられないほど高く、五年前に定府《じょうふ》になってからは妻が病に倒れ、万事休すとなってしまい申した。それで、棗をつい抵当に上州屋から金を借り申した」

「ところが、返せなくなってしまったのですね」

「さよう。三百石には三百石なりの格式もござる。物価の高い江戸では年二割の利息を払い続けることも難しく……ついには家宝を手放さなければならぬありさまとなってしまい申した」

「ご無礼をお許しを……棗と家名を守るために上州屋勢右衛門を手に掛けようなどとお思いにはなりませんでしたか。あの不埒な商人を」

何気なく水を向けると、新左衛門の顔色が変わった。

「ないはずがなかろう。あの無礼者めっ。拙者の祖先のことまで誹《そし》りおって。許しがたい男だ」

いきなり、新左衛門は立ち上がると、激しい声で怒鳴り始めた。

「ご先祖を誹るとは……いかなる……」

「先代泰林院（宣政）さまの病気平癒を願って、すでに隠居していた我が祖父は筑紫の椿花山《ちんか》武蔵寺《ざんぶぞうじ》に十四日の間、参籠したのでござる。これをお聞きになった当代さまが、その忠義をよしとして下し置かれた名誉の品が棗でござる。それを棗ひとつではなく五石でも十石でも加増してもらえばよかったのになどと、あの下衆めっ」

新左衛門は顔を真っ赤にして声を震わせた。

「いっそ、叩き斬ってしまいたかったでしょう」

「ああ、夢のなかで何度も叩き斬って捨てたわ」

「斬りましたか」

「だがな、拙者が上州屋の息の根を止めるとしたら、真っ向から叩き斬る。如水公の帷幄《いあく》にこれありと知られた黒田二十四騎の一人、三宅山太夫家義《さんだゆういえよし》の血を継ぐこの拙者が、断じて毒などという卑怯な手を使うはずもないわっ」

新左衛門の声は、ふすまをびりびりと震わせた。

文治郎は、初めてこの男の心の声を聞いたと感じた。と、同時に、此度の賊徒でないことも確信した。

「わかりました。もうこのお話は致しませぬ」

「わかってくださるか。憎んでも憎みきれぬ上州屋だが、拙者は決して卑怯な振る舞いはせぬ……」

おこりが落ちたように、新左衛門の怒りは静まった。

「ところで、三宅さん。いままでの話で、何か伺っていないことはありませんか」

ここぞとばかりに、文治郎は強い視線で新左衛門を見た。

新左衛門は夢からさめたような調子で答えた。

「あのおりは珍事が起きて、いささか動転しておったので、ひとつだけ肝心なことを申し忘れておりました」

「なんでしょうか」

「上州屋には息子が二人いましてな。長男の勢一郎は商人となって店を継ぐようですが、二男は栄山の弟子となっております」

「なんですって」

今度は文治郎が大きな声を出す番だった。

「これはほとんどの者が知らぬ話と聞いているが、拙者は勢右衛門から直に聞き申したので間違いござらぬ」

「何番目の弟子ですか」

「三番弟子の笹田藤二郎というのが、上州屋勢右衛門の二男でござる。それゆえ、栄山には上州屋からずいぶんと合力《こうりょく》（寄付）もしていたようだが……」

「あ、だから、白洲席で、上州屋さんは、あんな見えにくい末席を選んでいたのですね」

「さよう。息子の舞台でよい席はもらえぬと、珍しくも遠慮したのでござる。あのような傲岸な男にしては殊勝な申し出だが、息子の立場がよくなるようにとの狙いに過ぎませぬな」

「ちなみに、上州屋さんが末席であることを事前に知っていたのはどなたですか」

「拙者と栄山くらいでござろうか。藤二郎など一門の者も知っていたかもしれぬが」

「大変参考になりました……甚五左衛門、ほかに何かあるか」

「いや、今日のところはとくにない」

それまで黙っていた甚五左衛門は、小さく首を振った。


「三宅新左衛門はシロだな」

黒田家の西門を出たところで、すぐに甚五左衛門が声を掛けてきた。

「ああ、あの怒りは芝居ではない。新左衛門は武士のなかの武士だな」

文治郎は半分は皮肉でいったのだが、甚五左衛門は真面目にうなずいた。

「新左衛門のような男に江戸詰をさせるのは酷だよ。拙者も、のどかな浦賀から出てきて、江戸の暮らしに息が詰まる気がする日も少なくない」

「そうかい。わたしは江戸が好きだがなぁ」

「文治郎は、ほかの土地に住んだことがないからな。それに生まれつきの物好きだ。田舎はのんびりしすぎていて性に合わないかもしれぬ。……話は変わるが、上州屋の二男が栄山の弟子とは驚いたな」

「ああ、その藤二郎という男も、父親に死なれて困っているかもしれぬ」

「合力がなくなったことか」

「それもあろうが、大金持ちの札差が、背後にいるかいないかでは、一門のなかでの立場が違うのではないか」

「そうかもしれぬなぁ。上州屋を兄が継いだとて、父親のように後ろ盾になってくれるものでもなかろうしな」

「甚五左衛門の申す通りだ……」

文治郎の頭の中で、なにかがモヤモヤとしていた。

此度の一件、もしかすると、初めから考え違いをしているのではないか。そんな嫌な気持ちが胸をよぎった。

「わたしは明日にでも、栄山に会ってくるよ」

文治郎はぼそっと言った。

「拙者も同道しよう」

「いや、わたし一人で行く。栄山をあまり身構えさせたくないんだ」

「そうだな。役人が顔を出すと、どうしても相手は構えてしまうだろう」

甚五左衛門はあっさり退き下がった。

3

翌日、文治郎は、麻布龍土町の定光流宗家栄山の屋敷を訪ねた。

通されたのは数寄屋造りの客亭だった。

細竹を背にして大輪の椿が華やかに咲き匂う。

筧《かけい》を落ちてゆく水流と鹿威《ししおど》しの音が響き、さながら深山《みやま》にいるような錯覚が起こる。

「多田先生、先日はまことにありがとうございました」

黒ちりめんの紋付袴姿で現れた栄山は細面に静かな笑みをたたえて頭を下げた。

「こちらこそけっこうな舞台を拝見させて頂きました」

「して、本日はどのような……」

顔を上げた栄山は、いぶかしげに訊いた。

「いや、調べが難渋しておりまして、なにか少しでもわかればと思って伺いました」

地味ながら樺茶色の高価な絹物を身につけた若い女が部屋に入ってきた。

「いらっしゃいませ」

澄んだ声が響いた。

女は白磁の煎茶器を二つ置いた。

武家の家では客のもてなしは小姓役などの家来がする。黒田家お抱えとはいえ、このあたりは、町家と変わらない。

二十代の後半と見えるので、栄山の息女といった年頃だ。が、丸髷に結って鉄漿《かね》（おはぐろ）をつけているからには、独り身ということはない。

また、樺茶色の小袖も娘の着るものではなかった。

卵形の顔にこぢんまりとした鼻、小さな紅い唇。

若女の面を思わせる整った顔立ちの女だった。

雪国育ちでもあるのだろうか、きめが細かく抜けるように肌が白い。

長いまつげの下の両の瞳が、どこか憂いを含んで見える。

「ごゆっくりどうぞ」

きれいな、なで肩が視界から消えるのを待って、文治郎は尋ねた。

「ご内室ですか」

「はぁ……凪《なぎ》と申します。もともとは田舎育ちで、万事が行き届きません」

栄山は照れるでもなく、むしろ素っ気ない口調で答えた。

「ただ、歳が父娘ほどに離れておりますので、いろいろと淋しい思いをさせていると は思いますが……」

いくぶん曇りがちな顔つきで栄山は付け加えた。

「さようですか……お茶を頂きます」

茶器の薄い舌触りを楽しみながら、文治郎は茶を口にした。苦みの勝ったよい茶であった。

「いろいろと調べては参ったのですが、賊徒の目星もつきません」

文治郎は、黒田邸で調べた現場のようすについてかいつまんで説明した。むろん、上州屋をめぐる黒い噂についてはひと言も触れなかった。

「多田先生ほどのお方でも見当がつかぬと仰せですか」

栄山は嘆息するように答えた。

「恥ずかしながら……。実は上州屋さんの周辺を調べていて怪しい者は二、三人いるのですが、これといった決め手もないのです。そこで、こちらに伺ったような次第で」

「わたくし如きに何をお尋ねに……得るものもございますまいに」

「いいえ、伺いたいことは幾つもあるのです」

「何なりと」

「まず、此度の大きな特徴は『酒瓶猩々』の演能中に凶行がなされたという点です。さらにいえば、凶行は、後場が始まってすぐの頃であるらしい。見物人は中入のときには気がゆるみますが、後場が始まると、誰もが舞台に熱中し始めます。そのときを狙っている。つまり、あの番組をよく知った者が関わっているような気がするのです」

「それでは、多田先生は我が一門にお疑いを」

眉間にしわを寄せて厳しい表情で栄山は訊いた。

「あわてないでください。そうは申しておりません。むしろ、ご一門が関わっていないことを明らかにしたいとも考えているのです」

「ぜひ、疑いをお晴らし頂きたい。まず初めに申し上げておきますが、我が一門に凶行はできませぬ」

「なぜですか」

「全員が舞台にいたからです。河原宮之介がシテの猩々をつとめ、わたくしと三人の弟子がツレの猩々をつとめました。前場は前シテ童子の宮之介以外の四人は鏡之間におりましたが、後場となると全員が舞台に出ていました。凶行は中入の後、後場になされたとすると、衆人環視のなか、舞台で舞う我々のうちの誰かが凶行に及ぶことができぬのは申すまでもありませぬ」

「では、あのおり、黒田家上屋敷に詰めていた方は、シテ方では栄山どのと猩々をつとめた四人のお弟子さんだけなのですね」

「はい、ツレが四人も登場するような曲は、ほかに類を見ません。それでなくとも、シテ方の楽屋も決して広くはないので、我々五人だけで精いっぱいです」

「後で四人のお弟子さんをご紹介頂けませんか。あのおりはごあいさつもできませんでしたので」

「はい、喜んで」

「よろしくお願いします。ところで、鏡之間はさぞかし手狭だったでしょうね」

「はい。『酒瓶猩々』は観世流の『大瓶猩々』と元を同じにする本祝言物でございます。中入の間には宮之介が童子から猩々へと衣装替えを致します。これはほかの三名の弟子たちが手伝いますが、鏡之間は決して広くはございません。わたくし自身ですら、着替えの間は一時、鏡之間の隅で小さくなっておりました。ほかに誰も入るゆとりはございません。まぁ、あんなにごった返す鏡之間は、ほかの曲ではちょっと見られませんね」

栄山は苦笑いを浮かべた。

「中入が終わってアイの水神が鏡之間に入ると、まずはツレの猩々が二人出てきましたね」

「はい、ご覧頂いておわかりの通り、あの曲では、ツレの猩々が二人先に出てひとしきり舞い、後から二人のツレの猩々とシテの猩々が橋掛かりに出てきたところで舞うというのがひとつの見せ場でございます」

「先に出た二人のツレ猩々はどなたが演じたのですか」

「わたくしと二番弟子の竹之内小源太でございます」

「その後、シテ猩々の河原宮之介さん……抜きということで初演された一番弟子さんですね。そのシテ猩々と二人のツレ猩々が橋掛かりへ出ました。この二人は」

「三番弟子の笹田藤二郎と四番弟子の岡沢弥八郎です」

「五人の猩々でいちばん難しいのはもちろんシテ猩々でしょうが、この役をつとめることができる方はどなたですか」

「わたくしのほかには宮之介しかございません。ほかの三人はまだまだとてもとても無理です」

「次に難しい役が、先に出て行った二人のツレ猩々……つまり、栄山さんと竹之内小源太さんですね」

「そうです。舞台でツレだけで舞うというのも珍しいので、小源太はかなり緊張しておりました」

「よくわかりました。ありがとうございます」

文治郎は、詳しい話を聞きながら、少なくとも鏡之間に入っていた役者たちは、凶行とは無縁だと落胆していた。

前場であればともあれ、後場で栄山や四人の弟子たちが鏡之間から抜け出すゆとりは、どう考えてもない。

だが、直に手を下した賊徒と、一門がまったく関わりがないとは断言できない。文治郎は問いを重ねることにした。

「ところで、此度の『酒瓶猩々』は大変に珍しい薪猿楽となったわけですが、これは最初から予定されていたのですか」

「なぜ、そのようなことを」

栄山はふたたびけげんな顔で訊いた。

「と申しますのは、凶行は薄闇の暗さを利用したものとしか思えません。ふつうの祝儀能では、遅くとも申の刻（午後四時）頃に終わりますよね。それが今回は、七つ半（午後五時）頃まで上演されました。賊はこの半刻の暗さを勘定に入れていたに違いありません」

「実は、大殿さまが『楊貴妃』を舞うことは前々日に決まったお話なのです。それまでは三番物は『羽衣』を出す予定で、わたくしがシテをつとめるつもりでございました。『楊貴妃』は『羽衣』よりかなり長い時を要する演目でございます」

「およそ半刻は長いですね」

「その通りでございます。三番目が長くなってしまったために切能の『酒瓶猩々』が後へ押し出されて日暮れとなってしまいました。でも、大殿さまがあんなにたくさん篝火を焚いて下さったので、かえってよい演能となりました」

栄山は顔をほころばせた。

たしかにシテ方としても篝火で舞う機会などまずないだろう。

「話に聞く奈良は興福寺の薪能を観るようでとても楽しかったです」

これは文治郎だけでなく、見物人たち皆の感想であるはずだ。

「演じていたこちらも楽しゅうございました」

「ところで『楊貴妃』を演じたいというのは、少将さまのお口から出た思し召しですよね」

誰かがあえて終演を遅らせようとしたのではないか……しかし、栄山の答えは文治郎を失望させた。

「もちろんでございます。我々から大殿さまに、これを舞うように、などとは申せませぬ」

とんでもないという風に首を振って栄山は言葉を継いだ。

「少将さまはここのところ、『楊貴妃』に取り組まれていらっしゃいましたが、めざましいご上達ぶり。日頃の練達の成果を、ぜひにもご来賓にご披露になりたいとの仰せでございましたので、わたくしも一も二もなく賛同申し上げました。二日前にわたくしと宮之介でお稽古をおつけ申したときに、最終的にお決め遊ばされました」

「上演二日前に決まったとなると、お客さま方に提灯を持参してほしいなどのご案内はできなかったわけですよね」

「御奉行の三宅さまは、『どうせ十六夜なので、暮れ六つには明るい月が出る』とおっしゃって気になさいませんでした」

「なるほど……」

ひとつ大事なことがわかった。終演の刻限が延びて、あたりが薄暗くなることは、黒田侯をはじめとする一部の黒田家中や定光流の一門しか知らなかったということである。

暗闇を使って凶行に及ぶ計略を自然に考えられた者は、家中か一門の者ということになる。あるいは、その両者と親しい者が番組の流れを漏れ聞いたということも考えられるのではあるが、一般客はいちおう除外できる。

「続けて伺いたいのが、定光流のことです。四座一流には入っていませんよね」

「はい、どの座にも属しませぬ」

栄山はゆったりとほほえんだ。

観世、宝生、金春、金剛を四座といい、公儀お抱えの能役者はすべてこの四座に喜多流を加えた流派に属していた。

これら四座一流には、公儀から合わせて三千五百石ほどの猿楽配当米が支給されていた。

それぞれの太夫が率いる一門には、シテ方、ワキ方、囃子方、狂言方、地謡から作物師まで猿楽の上演に必要なすべての人員が揃っていた。筆頭の観世座では百三十人ほどを数えた。

それぞれが流儀というものを持っている。たとえば観世座なら観世流といったかたちで、それぞれ上演のやり方に差がある。ほかの流儀とは異なる曲を持つ場合もある。

一方、各大名家などが抱える役者は、座には属さず、流儀だけに属している。

「当定光流はもともとは京で辻能《つじのう》をやっておりました最勝寺栄川《えいせん》が起こした新興の流儀でございます」

「ほう、辻能から始まっているのですか」

四座一流のいずれにも属さない「辻能」と呼ばれる猿楽師たちが、上方を中心に活躍していた。公儀からも大名家からも禄を得てはいないが、数としては少なくない。

「はい、栄川はまことにすぐれた猿楽師でございました。当時の観世太夫も認めるほどでした。その才分をお認めになり、お抱えになって下さったのが、ほかならぬ少将さまでです」

栄山の声は潤んだ。文治郎は定光流という新流儀そのものが継高の創設であると知って少なからず驚かされた。

「では、そんなに昔の話ではないのですね」

「享保十六年（一七三一）のことでございます」

「とすると、二十六年前ですね」

「大殿さまはまだ二十九を数えるお若さでございました。むろん、観世太夫を贔屓にしていらっしゃいましたが、ご自分の流儀をお持ちになりたかったのだと存じます。なんとか今日までひとつの流儀を名乗っておられますのも、すべては少将さまのご高恩のたまものでございます」

栄山にとって継高は、神のように崇めるべき存在なのかもしれない。

「ご宗家は二代目でいらっしゃるのですね」

「わたくしが師の栄川から跡目を譲られましたのが、十五年前の寛保二年のこと。わたくしはまだ、三十を少し出たところでございました」

「とするとご宗家は、初代のお子ではないのですね」

「はい、弟子でございます。師の栄川はわたくしが二代目宗家を名乗らせて頂いてから三年ほどしてふとした風邪がもとで身罷《みまか》りました。高齢でしたので……」

「ご宗家は、観世などの他流儀から定光流へ移られたのですか」

「いいえ、十七のときに、師の舞台を拝見して感激して入門いたしました」

「それから十年少しの修行で宗家を継ぐとはお見事ですね」

「いや、たまたま向いていた道なのでしょう。猿楽師というこの仕事は向く向かないがあまりにはっきりしております」

「画業などと似ています。ご宗家は、宮之介さんを三代目にお考えなのですね」

「ええ、あれは素晴らしい才分を持った男です。あれなら定光流をさらに盛んなものとしてくれるはずです」

栄山は誇らしげに答えた。

「お子さまがいらっしゃればよかったですね」

栄山は首を横に振った。

「わたくしには、たまたま子がありませんので苦しまずに済みますが、我が子に才分がなかったとしたら宗家ほどつらいものはないでしょう。子に譲れば、流儀は衰える。だが、人情としては他人に譲りたくはないというわけです」

「ご宗家にとっては、ご流儀を守ることこそ何よりの願いなのですね」

「先代から受け継いだこの定光流を、何があっても、わたくしの代で絶やすわけには参りませぬ」

文治郎へ真っ直ぐに視線を向ける栄山の言葉には気迫がこもっていた。

「よくわかりました。念のためですが、当日、舞台を踏んだ四人のお弟子さんをお呼び頂けますか」

「承知いたしました。すぐに呼んで参ります」

栄山は一礼すると、立ち上がった。

立ち去る背中を見て、栄山が意外に小柄であることに気づいた。宗家としての風格が実際以上に栄山を大きく見せていたのであろう。

しばらくして、四人の愛弟子たちが、下座側にずらりと並んで座った。四人とも黒紋付に袴を穿いている。

「河原宮之介は先日ご紹介いたしましたな」

色白で鼻の形がよく目元が涼しい顔はやはり役者に向く。あらためて見ると三十代半ばと見える年齢と相まって四人のなかでは特段の風格を持っている。

「これが二番弟子の竹之内小源太でございます」

頭を下げた小源太は宮之介よりやや若い。卵形の顔にちまちまとした鼻と口。瞳が大きすぎるのが難点だが、誠実そうな顔立ちである。

「三番弟子の笹田藤二郎です」

年頃は宮之介や小源太より若い三十前の男が頭を下げた。面長でお世辞にも好男子とは言い難い。大きめの赤い唇が、人に甘えて生きてきた男を感じさせる。

（なるほど、この男が上州屋勢右衛門の二男か）

文治郎は気づかれぬように、何度も藤二郎の顔を見やった。

藤二郎が上州屋の二男である事実を、文治郎は知らないふりをするつもりであった。

「四番弟子の岡沢弥八郎でございます」

頬を赤らめてあわてて頭を下げた弥八郎は、元服そこそこといった年頃である。上背はあるが、まだまだ子どもっぽい。

「このなかで、『酒瓶猩々』のシテをつとめられるのは、宮之介さんだけだと伺いましたが、それほど難しい曲なのですか」

文治郎は四人に向かって尋ねた。

「はい、わたくしも子どものときから入門させて頂いておりますが、あの曲のシテを舞うのには、まだまだ修業が足りませぬ」

小源太が謙遜したようすで答えた。

「いやいや、小源太ならばもう舞うこともできましょう。要はわたくしのほうが先にお教え頂いていたというお話だけのことでございます」

宮之介は弟弟子を立てた。

「ところで、あの日の凶行について、少しも謎が解けませんもので……」

文治郎はこの部屋に入ったときに栄山に話したのと同じ内容を繰り返して述べた。

四人はそれぞれに違う表情で聞いていた。

宮之介は真剣な顔つきで話に聞き入っている。

小源太はときおり何かに驚いたような顔を見せた。

藤二郎はひどく暗い面持ちで聞いている。これはまぁ、当然だろう。

弥八郎は頬を赤らめたまま熱心に聞いていた。

「……残念ながら、上州屋勢右衛門さんは、何者かの恨みによって殺されたと見るほかはありません」

ふたたび何かに驚いたような小源太の表情が、文治郎には妙に気になった。

いったい小源太は、なにを知っていて何を隠しているのだろう。

もし、この定光流に、賊徒となんらかの関わりがあるとすれば、訊き出すべき相手は小源太しかいないように思えた。

この屋敷ではなく、どこか別の場所で声を掛ける必要があろう。

「もちろん、あのとき舞台を踏んでいた皆さんには凶行に手を染めることはできません。今日、お訪ねしてこんなお話をしたのは、なにか小さなことでも気づいたことがあったら伺いたかったからです。いかがでしょうか」

文治郎の問いかけに答える者はいなかった。

宮之介と小源太は顔を見合わせて首をひねり、藤二郎は天井を見つめている。弥八郎はじっと文治郎を見つめていたが、なにか気づいているようには見えなかった。

「またこちらには伺わせて頂きます。もしお気づきのことがあったら、そのときにでも教えて下さい。ご宗家、お忙しいところお邪魔を致しました」

それだけ言い残すと、文治郎は客間を後にした。

4

翌日は昼過ぎからちらちらと小雪が舞い始めた。

補陀《ほだ》山長谷寺《さんちょうこくじ》。俗にいう「渋谷の長谷寺」の石段を、番傘を手にした文治郎はゆっくりと上っていた。

本堂の手前の観音堂には、高さ一丈にも及ぶ十一面観音立像が安置してある。奈良の長谷寺《はせでら》の有名な観音像と同じ木から彫ったと伝わる。あちらは真言寺院、こちらは曹洞宗だが、この際、そんなことはどうでもよい。

ともあれ、二番弟子の竹之内小源太がこの観音堂に参禅をすることが日課だと聞いて、文治郎は訪ねてきたのだ。この話は栄山のところの下女から聞いた。

曇り空のせいもあって薄暗い観音堂に入ってゆくと、常香炉からもうもうと煙が立ち上って抹香の匂いでむせかえるほどだった。

大きな観音像の足元の石床に、藍染め木綿の単衣《ひとえ》をまとって瞑目している男がいた。

「小源太さん」

声を掛けると、肩をびくっと震わせて、小源太は両眼を開けた。

「あなたは……多田先生。どうしてここへ」

「少し、お話を伺いたいと思いましてね」

文治郎は小源太と対峙する位置にあぐらを掻いた。

「何のお話でしょう」

「此度の凶行ですが、わたしは定光流の誰かが、何かしら関わっているような気がしてます」

「まさか……」

「あなただってそう思っているんでしょう」

「どういうことですか」

「だって、わたしがお屋敷で、現場のお話をしたときに、あなたは顔色を変えていた」

「それは、見知っている上州屋さんが殺された話ですから。聞いていて顔色くらい変わりますよ」

「それだけでしょうか」

「ええ、それだけです」

小源太は答えたが、瞳がわずかに揺れるのを文治郎は見逃さなかった。

「まぁいいです。とにかくわたしの話を聞いて下さい。あなたは栄山さんが一門を宮之介さんに譲ることには賛成していますか」

「あたりまえです。兄弟子を措《お》いて、定光流を継げる者はいません」

小源太はきっぱりと言い切った。

「でも、栄山さんはまだ還暦前ではないですか。宮之介さんの抜きを急いでいますぐ宗家を譲る必要もないでしょう」

「実は……時期についてはわたくしも疑問なしとはしていません」

戸惑いつつも、小源太は賛同した。

「そうでしょう。あの通り、まだまだお元気ではないですか」

「なぜか、宗家はやたらと急いで隠居しようとなさっているように思えます」

「そのわけに心当たりはありますか」

「さぁ……ただ、もしかするとご体調のせいかもしれませぬ」

自信なげに小源太は答えた。

「お加減が悪いのですか」

「ここ一年で三度ほどお転びになって、そのたびに足をくじかれたのです……幸いにも大ごとにはならずに本復なさいましたが」

「足首の骨でも折ったら大変なことになりますね」

「それはもう……下手をすれば猿楽師として、まともに舞えなくなるかもしれない事態を招きます」

「最近ではいつ、そんなことがありましたか」

「先日の御上屋敷での演能会の半月ほど前です」

小源太は眉を曇らせた。

「で、栄山さんのお怪我は」

「足首にかるい捻挫を負われました。数日はかるく足を引きずっていらして痛々しかったです」

「まさかそれで栄山さんは『酒瓶猩々』のシテを宮之介さんにお譲りになったのではないですよね」

「いいえ、『酒瓶猩々』を兄弟子の披きとする話はずっと前から決まっておりました。それに、三番目物だって本当は宗家が『羽衣』を舞うはずでしたが、大殿さまが直前に『楊貴妃』を舞いたいからと仰せになって」

「そうでしたね。栄山さんに伺いました。ところで……」

そろそろ追い込みを掛けてみようと、文治郎は小源太の目を見ながら訊いた。

「栄山さんが怪我をして、得をする者はいますか」

「いいえ、誰一人得などしません」

「しかし、宮之介さんは、栄山さんが元気では困るのでは」

の

「何度も申しましたように、兄弟子が跡目を継ぐ話は、もうとっくに決まっていたのです。いまさら、宗家が怪我をしたからとて関係ありません」

何度訊いても、小源太の答えに揺らぎはなかった。

「わかりました。では別のお尋ねをしましょう。上州屋勢右衛門さんを恨んでいる人はご一門にはいませんでしたか」

「いないと思います。上州屋さんは定光流にたくさんの合力を下さっていました。また、よい面打ち師や衣装屋もご紹介下さっていました」

小源太ははっきりと否定した。

「ほう、物心両面で、ご一門を応援してくれていたのですね」

「仰せの通りです」

「では、上州屋さんが亡くなって、一門の方は皆、困っているでしょうね」

「直ちに困るということはありませんが、誰もが上州屋さんの死を悲しんでいると思います」

ほかで聞く評判とはずいぶん違う。やはり、自分の息子かわいさに、上州屋も定光流には別人のような態度を取っていたものか。

「ここしばらくで、暮らしぶりなどが変わったお弟子さんはいませんか」

ふと思いついて、文治郎は訊いてみた。

「……二人います」

しばらく考えていた小源太は、慎重に言葉を選んで続けた。

「一人は兄弟子の宮之介です。半年ほど前に跡目を継ぐ話が出てから、ますます修業にも力が入り、師の栄山に対してもいよいよ恭敬になりました」

「ほう、それはたいしたものですね」

跡目と決められてもつけあがることなく、修業にも身が入るとは、河原宮之介という男、なかなかの人物である。

「もっとも、宗家や一門の前で、宮之介はそのような態度を取らなければならない立場ではありますが……」

小源太は言い訳でもするような口ぶりで言葉を足した。

「ところで、もう一人は誰ですか」

「弟子の笹田藤二郎です。どうも気分の揺らぎが大きく、落ち込んでふさぎ込んでいたかと思うと、急に尊大な態度を取るなど、少しも心が落ち着かない日が多くなりました。修業にもいまひとつ身が入っていないようです」

「それはいつ頃からですか」

「そうですね。宮之介が跡継ぎに決まった頃からでしょうか」

ちょっと考えてから、小源太は答えた。

「ということはつまり、藤二郎さんは自分が三代目を継ぎたいと願っていたのに、それが宮之介さんに決まったので、ふて腐れてしまったというようなことでしょうか」

「わかりません。しかし、それはないと思います」

「なぜですか。だって、時期としては符合するではないですか」

「たしかにそうですが、そもそも藤二郎には三代目を継ぐ力などありません。あるいは身を粉にして修業を続ければ、五年後、あるいは十年後にはそのような芽が出るかもしれません。しかし、栄山はそうは見ていないと思います」

「宗家になるべき才分を欠くと、栄山さんはお考えなのですね」

「残念ながら……そのようです」

小源太は苦しげに答えた。

「あなたは、どうなんですか。小源太さん」

「わたしですか……」

「あなただって、三代目を継ぎたかったんじゃありませんか」

「とんでもない」

小源太は顔の前で大きく手を振って言葉を継いだ。

「わたしには、この一門を背負ってさらに大きくするような才分も器もありません。もし、宮之介が三代目となった暁には、その右腕となって力を尽くして参ります」

小源太は胸を張って答えた。

まことに清々しいその態度を、文治郎はこの上なく美しいものと感じた。

栄山は少なくとも二人のすぐれた弟子に恵まれているようである。

河原宮之介と竹之内小源太……。二人とも定光流を守り立ててさらに大きな流儀としてゆくであろう。

それにしても、藤二郎の心が落ち着かない、そのわけとは何だろう。

（藤二郎を呼び出して話を聞いてみる必要がありそうだな……）

文治郎は心に決めた。

「弥八郎さんはどうですか。まだお若いようですが」

「ああ、弥八郎はまだ十六です。あれは、日々を一所懸命、修業している好もしい男ですが、まだまだ子どもです。ある面打ち師の三男なんですよ」

小源太は淋しげな顔になると、ぼそっとつぶやいた。

「人の心というものは、わたくしのような浅学非才の者にはうかがい知れぬところがありますね……」

「誰のことを仰ってるんですか」

「つまらぬことを申しました。お忘れ下さい」

急に小源太は表情を硬くした。

「なんでも気づいたことは教えて下さい」

文治郎は問うたが、小源太は静かに首を振った。

「すみません、先生、この件とは関わりのないことです」

小源太の顔がふたたびやわらかいものに戻った。

「なるほど、参禅の邪魔を致しました。また、後日、ここへお邪魔するかもしれません」

「ええ、多田先生のような方とは、長らくおつきあいしたいですからね。いろいろと勉強させて下さい」

「書をお教えすることはできますよ。本業は書家ですから」

「そうでしたか。では、いつか習いに伺いたいです」

「柳橋に住まっておりますので、いささか遠いですが、いつでもお運び下さい」

「はい、いつか伺います」

そのとき観音堂の入口に一人の女の影が現れた。

「凪どの……なぜここに」

身につけた木賊《とくさ》色の小紋は、凪の年頃には地味に過ぎる色合いだった。が、かえって色白の肌を引き立てて不思議な魅力を感じさせた。

「宗家が、稽古を始めるので、お戻りになるようにと」

静かな声で凪は小源太に告げた。

「わかりました。多田先生、ご宗家は時おり、急に稽古を付けて下さるのです」

「なるほど……」

小源太にはうろ返事をして、凪に向き直った。

「ああ、昨日はどうも。多田文治郎と申します」

「凪でございます。このたびはいろいろとありがとう存じます」

帯のあたりに両手を当てて、凪は丁寧にお辞儀をした。

「ご一門を束ねるご宗家のご内室ともなると、ご苦労が多いでしょうね」

文治郎の問いに、凪はうつむき加減に答えた。

「わたくしは至らぬ者です。ただ、宗家の仰せつけを守るばかりでございます」

「たくさんのお弟子さんに手を焼くようなことはありませんか」

文治郎はあえてちょっと意地の悪い質問をしてみた。

「お弟子さんたちはよい方ばかりで、いつも助けられております」

表情も変えずに凪はすんなりと答えた。

「ご宗家をあまりお待たせしてはいけませぬ。さ、参りましょう。多田先生、ありがとうございました」

小源太は頭を下げると、きびすを返して足早に歩き始めた。

しっかりした身体つきの小源太と華奢な凪の後ろ姿が、並んで遠ざかってゆくのを、文治郎はぼんやりと眺めた。

小源太から聞いた話を振り返りつつ、文治郎は観音堂を出た。

いつの間にか小雪はやみ、雲の切れ間から差し込む陽光が眼下の谷あいに光っていた。

翌日は、冬晴れが江戸の空にひろがった。

朝四つ（午前十時）頃、文治郎は弥八郎を呼び出していた。

虎ノ門の金比羅宮の参道脇に建ち並ぶ水茶屋の店先であった。

「いやぁ、これが汁粉っていうやつですか。甘いなぁ」

弥八郎は若い瞳を輝かして舌鼓を打っている。

「いくらでも食べてくれ」

「なんだか、すみませんね。で、何をお話しすればいいんですか」

「栄山先生は厳しいお人だね」

「とても厳しい方です。でも、あんなにすごい人はいないです。どの曲も完璧だし、お人柄だって素晴らしい。わたしは、ひたすら尊敬してます」

「兄弟子の皆さんもなかなかの人物ばかりだな」

「宮之介さんは先生そっくりですね」

「どういう意味だい」

「自分にも人にも厳しい。いつもピリピリしていて、芸道一筋です」

「じゃ、小源太さんはどうかな」

「小源太さんはちょっと違います。自分だけに厳しくて人には優しすぎるくらい優しい。いい人ですよ」

「実力はあるんだろう」

「もちろんです。宮之介さんと小源太さんのお力はそうは変わらないと思います。少なくともわたしの目から見て、二人に大きな力の差があるとは思えません」

「ほう、二人の実力は互角か」

「あ、でも、二人が同じに見えちゃうところが、わたしのダメなところなんだよなぁ」

ぴしゃりとおでこを叩く弥八郎に、文治郎は吹き出してしまった。

「三番弟子の藤二郎さんはどうかな」

「藤二郎さんは、小源太さんと逆さまでです」

「つまり、自分に甘くて他人に厳しいということか」

「言いたかないけどそうです」

「実力も見劣りするのかな」

「あたりまえですよ。修業にも身が入ってないし、すぐに抜け出しては飲みに行ったり……」

弥八郎が言い淀んだ言葉を、文治郎が引き継いだ。

「人に隠れて女を買いに行ったりするわけだね」

弥八郎は頬を赤らめてうつむいてしまった。きっとこの若者は、まだ女を知らないのだろう。

寺社奉行の差配を受ける公儀お抱えの猿楽師たちは、日々、自らを律する厳しい暮らしぶりを求められている。各大名家のお抱え猿楽師も、暮らしぶりや芸事について、つねに大名家の監視を受けていた。

武家の式楽であるばかりか、継高のように大名自身が演ずる芸能でもあり、ときに猿楽師は当主を教え導く師ともなる。猿楽師がいつも清く正しく暮らさなければならないのは、あたりまえのことだった。

藤二郎のような自堕落な暮らしぶりは、本来は許されることではなかった。

「この前の『酒瓶猩々』だって、演目に決まったときには大騒ぎしてましたよ」

「ツレとして舞台に出なければならぬからな」

「そうなんです。出たくないの一点張りで……」

「藤二郎さんは出たくなかったんだね」

「せっかくのいい機会なのに、ぜんぜん性根が据わってませんよ。わたしはあんな大舞台に出して頂いて本当に感謝しています」

「さすがだね」

弥八郎は真面目な顔で首を横に振った。

「我々はいつかはシテとして舞台に立つ気概を持ってますから、先生がシテをおつとめになった『田村』だって『張良』だって、いざとなれば、自分が舞えるようにと稽古しています。でも、藤二郎さんはほかの曲は一切稽古せず、あの曲だけ、さんざん苦労してなんとかみんなに従いてこられたんですから」

「弥八郎さんは、藤二郎さんが好きじゃないみたいだね」

「好きじゃないっていうか、ほかの二人の兄弟子と違って尊敬はしていません。そんなに性根が据わってないくせに、将来は定光流を背負って立つような大きなことを言うんですから」

「なんだって……そんな見込みはないんだろう」

「あるはずないじゃないですか。だって、三代目は宮之介さんってずっと前から決まっているんですから」

「それでふて腐れているようなところもあるのかな」

「とんでもない話ですよ。やることをやっているならばともかく……」

不快げに弥八郎は口を尖らせた。

「どうもあまり褒められた人物ではなさそうだね」

「わたしは、栄山先生が、藤二郎さんに甘いのが不思議なんです。もし、わたしが同じような態度を取っていたら、たぶん破門されます」

「なんで栄山さんは、藤二郎さんに甘いのかな」

「栄山先生らしくないと思うけれども、やっぱり上州屋さんのお金の力じゃないですかね」

「どういうことだい」

文治郎はとぼけてみた。

「知らないんですか。藤二郎さんは上州屋さんの二男なんですよ」

「へぇー、そいつは驚いたな」

「いったん養子に行ってますし、公表してませんからね。でも、一門で知らない人はいないと思いますよ」

「そうか、上州屋さんからずいぶんと金が入っていたというわけだね」

「ま、そういうことです」

弥八郎はしたり顔で片目をつむった。

「なるほど、背に腹はかえられぬということか」

「でも、上州屋さんも死んじゃったし、そのうち藤二郎さんも出てくんじゃないかと思ってます」

「栄山さんもいつまでも甘くはしていないということか」

「さすがにあんな修業の仕方を続けてたら、いつまでも甘い顔はしてられないでしょう」

「親父の死を機に身を入れて修業できるような男ではないのだね」

「ま、早く言えばね」

「どんどん食ってくれ。まだまだ餅を焼かせているから」

「ありがとうございます。帰ったら、いっぱい稽古しないと、身体が重くなっちゃいます」

弥八郎は白い歯を見せて笑った。

いくぶん浮薄なところがないではないが、弥八郎の若者らしい明るさと真っ直ぐさに文治郎は好感を持った。

湯気の立つ汁粉を何杯も食べて、弥八郎はしあわせいっぱいの顔で帰っていった。見ているだけで腹がふくれた文治郎は、一椀の汁粉にも手をつけず、空茶を飲み続けていた。

あまり会いたい相手ではなかったが、その日の午後、文治郎は藤二郎を芝口のそば屋に呼び出した。東海道に近く繁華な土地柄だけあって、行き交う人も多い。

芝沖で朝採れた小柱の天ぷらを肴に頼む。

酒を注ぎながら、さっそく水を向けてみた。

「先日の『酒瓶猩々』は素晴らしかった。定光流の未来もますます輝いていますね」

「冗談じゃないですよ」

藤二郎は赤い唇を歪めて吐き捨てた。

「へぇ、なぜです。あの『酒瓶猩々』のシテをつとめおおせたことで、宮之介さんが定光流を継ぐ力量を持つことを世間に披露できたのではないですか」

おもしろくなさそうに、藤二郎は盃をあおった。

続けて注いでやると、さらに二杯を重ねて、藤二郎は酒気を吐いた。

「本当なら、あたしがね。三代目だってよかったんだ」

「へぇ、あなたに定光流が背負えるかね」

文治郎の挑発に、藤二郎はふんと鼻を鳴らした。

「多田先生の前だけど、定光流を背負うためにいちばん肝心なものは何だと思います」

「黒田侯のご寵愛ではないのかな」

「そりゃあ間違いありませんよ。じゃ二番目は」

「申すまでもなく、猿楽師としての才分でしょう」

藤二郎は一瞬押し黙った後に、高笑いを始めた。

「は、ははははは」

しばらく藤二郎は腹を抱えて笑い続けていた。

「おかしいですか」

「先生も粋なお方だね。武士は食わねど高楊枝ってヤツだ」

いささか中っ腹となりつつも、文治郎は問いを重ねた。

「じゃあ、なにが大事だというのです」

「そりゃあ決まってまさ。大切なのは、弟子たちにひもじい思いをさせぬ力量。つまり金以外にないでしょう」

「金だって」

文治郎は二の句が継げなかった。同時に「蛙の子は蛙」という言葉を思い出していた。上州屋父子にとっては、世の中に金より大事なものはないのだ。

「流儀を立派に保ってゆくためには何かと金が掛かりますよ。いくら手厚くして頂いているからって黒田さまの俸禄ですべてが賄えるわけじゃあない。だから、うちでは町人たちに謡を教えているんじゃないですか」

「で、藤二郎さん、あなたなら背負えるといいたいんだね」

「それがねぇ、親父が殺されちまった。もういけませんや」

藤二郎は悔しげに唇を噛んだ。

その表情を見ていると、実の父親の死を悼む気持ちよりも、金蔓《かねづる》を失った落胆のほうが大きいように思えた。

文治郎は心の底で本気で腹を立て始めている自分に苦笑した。

藤二郎は小柱の天ぷらへ箸を付けると、盃を口もとに持っていって干した。

「だいいち、宮之介がなんだっていうんです。ちょっと舞えるからって、えらそうにして。あいつはねぇ、日本橋本 銀 町《ほんしろがねちょう》の縫箔《ぬいはく》師（刺繍職人）の四男なんですよ。もとは貧乏人のせがれじゃないですか。それがいつの間にか宗家面ですよ」

「だけど、宮之介さんには才分がありますよ」

「そりゃあシテ方としての力は認めますけどね。あいつには商才がない。宮之介が率いたら、定光流は黒田さまのお情けにすがって生きるだけの貧乏流派となっていきますよ。大殿さまがもし、定光流を見放したら、それっきりだ」

「芸道にすぐれていれば、黒田少将さまが定光流をお見放しになるなどということはないのではありませんか」

「まぁ、栄山先生がお元気なうちは大丈夫でしょうけれどね」

藤二郎は口もとに薄ら笑いを浮かべて答えた。

話が途切れたまま、藤二郎は酒を飲み続け、すっかり顔を赤くしていた。

「多田先生」

いきなり、藤二郎は畳に手を突いた。

「柄にもないようだけど、これであたしも人の子だ。親父を殺した奴が憎いんです」

いささか芝居がかっているようにも感じたが、藤二郎の声は真面目だった。

「お気持ちはよくわかります」

「仇を討ちたいんですよ。多田先生、どうか一日も早く、賊を見つけてください」

仇を討つというのは、ものの喩えだろう。だが、予期しなかった勢右衛門の死によって、定光流に藤二郎の居場所がなくなったのは本当だろう。

「お気持ちに応えられるようにつとめます」

藤二郎の真意がつかみにくいだけに、文治郎としては、当たり障りのない答えを返すよりほかにはなかった。

柳橋の家に戻った文治郎は、部屋の真ん中に寝転んで、つらつらと考え事を続けていた。

栄山の三人の弟子たちに話を聞いたこと、とくに藤二郎の話を聞いたことで、ひとつわかったことがある。

上州屋勢右衛門は、金の力で定光流を縛っていた。芸道一途の栄山や宮之介、あるいは小源太にとっては、金主としてありがたい側面を持つ一方で、いろいろな口出しをする迷惑な存在でもあったのではないかということだ。

たとえば、弥八郎は、栄山が藤二郎に甘いことを嘆いていた。もし、栄山が藤二郎を不当に優遇していたとしたら、宮之介や小源太にとっても、上州屋は消えて欲しい存在だったのかもしれない。

では、藤二郎はどうか。後ろ盾の勢右衛門を殺めて得はないようにも思われる。しかし、父親が死ねば、莫大な上州屋の身代のうちから相当な金を得ることができる。宗家の跡目が宮之介に決まったいま、金が手に入れば、藤二郎は厳しい猿楽師の道から逃げ出そうと考えているのかもしれない。

今日の芝居がかった態度も、自分の仕業であることを覆い隠すためのものと考えることもできる。

極端なことをいえば、栄山一門の誰もが、上州屋を厭《いと》い、殺してしまいたいという気持ちを抱いていたとしても不思議はないのである。

文治郎は文机《ふづくえ》の上に、大切な道具である帳面を開いた。表具屋に細かい注文を出してあつらえたもので、小ぶりだが厚手でしっかり作ってあった。

此度の案件では、あまり開くことはなかったが、この帳面に由《よし》無し事を書き付けていると、知恵が湧いてくることが多い。

――上州屋勢右衛門ヲ殺メタキ者
黒田家馬廻役三宅新左衛門、定光流宗家栄山、河原宮之介、竹之内小源太
サレド、新左衛門ハ毒ヲ使フ能ハズ。又、役者タチハ舞台ニアリテ叶ハズ

書き殴って文治郎は、うなり声を上げた。

いずれも、凶徒とは考えにくい。

「まずもって、舞台の上から上州屋を刺すことはできない」

文治郎は、黒田家上屋敷の能舞台の略図を記憶をもとに書き記した。

つらつらと図面を眺めているうちに、頭の後ろでチカッと何かが光った。

「そうか。もしや……」

刀掛けから大小をつかむと、文治郎はあわてて長屋を飛び出していった。

向かう先は外桜田霞ヶ関の黒田家上屋敷である。

5

黄金色の西陽が町を包むなか、文治郎は速足で歩き続けた。

門番に来意を告げて、三宅新左衛門を呼び出してもらった。

「三宅さん、舞台とその周辺をもう一度見せてください」

文治郎は気負い込んで頼んだ。

「むろん……かまいませんが」

三宅はあっけにとられたようにうなずいた。

「今日は栄山さんたちは、稽古に来ていますか」

「いいえ、来ていませんね」

「それは好都合だ。ところで、手燭か何かをお借りできませんでしょうか」

「多田先生、いったい何をなさるつもりですか」

新左衛門は首を振り振り訊いた。

「いままで見落としていたことがありましてね」

新左衛門と小者が従いて来て、上屋敷西北の能舞台のある庭へと進んだ。

白玉砂利の上を音を立てて歩きながら、文治郎は舞台へずんずんと近づいていった。

幸いまだ、日暮れまでは間がありそうだった。

「階から舞台に上がっていいですね。足はきれいです」

「どうぞ、ご一緒しますよ」

文治郎は草履を脱いで階から舞台へと上がった。

「三宅さん、舞台の床下へは降りられるのですよね」

「まことでござるか」

新左衛門は目を丸くした。

「金春太夫が元禄頃に書いた伝書を読んだことがあるのですが、そこに記されていたことを覚えていたのです」

寛延の勧進能を観た頃、文治郎は猿楽の伝書を読みあさったことがあった。ふとそこに書かれていた一項を思い出したのである。

——舞台の床下には響きを抑えるための工夫をすべし

うろ覚えだが、そんな内容だった。さらに伝書には地謡座の奥から舞台の床下に降りられるようになっている図面も載っていた。

正面見所《けんしょ》から見て右手の隅に続く部分が地謡座である。

地謡座の突き当たりは貴人口《きにんぐち》と呼ばれる。かつて貴人が舞うときの出入口であったが、いまはほとんどの曲で使われることはない。

「床下への降り口はここだと思います。この羽目板は外れるのです」

文治郎は、貴人口手前の羽目板を指さした。

「拙者は猿楽差配の御役に就いてまだ日が浅いゆえ、とんと存じませなんだ」

「外してもらえますか」

「おい、丁寧に外せ」

新左衛門の下命で、付き従っていた小者が羽目板を外した。

半畳の半分くらいの小さな四角い入口がぽっかりと姿をあらわした。

「手燭をお借りしたい」

文治郎は手燭を受け取ると、穴の中に入った。

驚いたことに、床下は人が立てるほどの高さだった。

縦横に張り巡らされた太い根太《ねだ》に、床板が鎹《かすがい》で留められ、太い大引きが支えている。

あちこちに波釘が打ってあって、床が軋まぬ工夫がなされていた。

手燭の火で照らすと、陶製の大瓶が九つも埋められていた。この大瓶が舞台を踏みならす演者の足音をうまく吸収しているようである。

そのまま、左手奥の橋掛かりの下へ進むと、ちょうど一の松、二の松、三の松あたりにも一つずつ、大瓶が地中に埋め込まれている。

最後の大瓶を通り過ぎると、壁に突き当たった。真正面の羽目板をガタガタやってみたら、スコンと外れた。

そのまま進むと、天井というか床下が広くなった。鏡之間の下に出たのだ。

手燭を頼りにさらに進むと、どうやらシテ方の楽屋の床下らしい部分に出た。南北に細長い造りの建物だ。

(やはりここの床下は、もともと人が歩けるように造ってあるのだ……)

文治郎は手燭の火を吹き消した。

(どこかに開口部があるはずだ)

漏れ来る光をじっと見つめる。

「あったぞ！」

四角く光が漏れている羽目板を揺すると、またもスコンと外れてくれた。

ゴソゴソ這い出てみると、束柱がずらっと何十本も並んでいる光景が視界を奪った。

つまり、ここは鏡之間から楽屋へ通ずる渡り廊下の縁の下であった。

鏡之間からシテ方の楽屋へ、さらに角を曲がってワキ方・囃子方の楽屋へ縁の下は続く。床下ほどの高さはないが、中腰ならばじゅうぶんに歩けることは、凶行が起きた日に確かめている。

だが、あの日はすでに陽が暮れきっていて、詳しい部分まで仔細に眺めてはいなかった。

(貴人口の部分のように、楽屋にも必ずどこかに降り口が切ってあるはずだ)

文治郎の胸は高鳴った。

床下から能舞台を見て、文治郎の考え方も初めて逆転した。

「三宅さん、楽屋に案内してくださいっ」

文治郎は縁の下から出て叫んだ。

新左衛門があっけにとられたように舞台から降りて来た。

シテ方の楽屋に入った文治郎は、三間続きの畳に這いつくばって調べてみた。

だが、とくに変わった部分は発見できなかった。

いちばん北の部屋には幅一間の押し入れが造られていた。

（ここか……）

押し入れを開けると、上段は何もなく、下段には紫色の座布団が何枚かきちんと積んである。

座布団を背後に向けて片っ端から投げて、顔を突っ込むと、床板の一部が貴人口の開口部と同じように、四角く切ってあった。こちらは四角い縁取りまで造ってある。

「これだっ！」

文治郎は震える手で、床板を外した。

開口部から足を入れると、すんなり床下に降りられた。

ついさっき自分のいた楽屋棟の床下部分ということになる。

「はははは。そうだったんだ。そういうことだったんだ。はははははは」

文治郎は考えの盲点を発見できた嬉しさに、床下で笑い出した。

「大事ないですか」

新左衛門が押し入れの開口部から顔を覗かせ、不安げに訊いてきた。

「いや、大事ありますっ」

新左衛門を見上げながら、文治郎は叫んだ。

「いったい何ごとが起こったのですか」

「謎が半分解けました」

文治郎は上を向いて叫んだ。

新左衛門は口をぽかんと開けて呆然としていた。

黒田家上屋敷を辞し、柳橋の家に戻った文治郎はさっそく帳面をひろげた。

能舞台周辺図に、賊徒の動きを書き込んでゆく。

今日の検分で、楽屋の押し入れから床下に降り、渡り廊下の縁の下を進めることがわかった。

ワキ方・囃子方の楽屋下まで進んで白洲席の後ろから上州屋に迫って長柄の得物で突く。その後、ふたたび縁の下をシテ方の楽屋下まで戻り、押し入れから建物内に帰る。

この経路を使えば、舞台にいる者でも凶行に及ぶことが可能となる。いままで、考えの外にいた定光流の面々にも疑いの目を向けることができる。

いや、上州屋を殺す理由は、一門の誰もが持っているのだ。

（だがしかし……）

上演中に舞台を抜け出すことはできない。『酒瓶猩々』は、珍しくも後シテのほかにツレの猩々が四人も揃う曲である。栄山と四人の弟子たちの全員が舞台に出ている。誰も凶行に及ぶことはできない……のか。

凶行がなされたそのときについて、近江屋は上州屋が苦しみ始めた瞬間のことを、こう言っていた。

――中入が終わり、後場が始まってすぐのときでございます。そうそう、橋掛かりから二人のツレの猩々が最初に出てきて舞い始めた頃合いです。

文治郎は帳面に当日の『酒瓶猩々』の進み具合を書き記し始めた。

二人のツレの猩々というのは先に出た栄山と小源太だろう。

このとき鏡之間にいたのは、後シテの宮之介と後から出るツレ猩々の藤二郎と弥八郎である。

このあと、藤二郎、弥八郎、宮之介の順で橋掛かりから姿をあらわしてくる。

とすれば、もっとも後に出たのは後シテの河原宮之介ということになる。

宮之介の着替えが済んで、次に舞台に出るまでは四半刻の半分（十五分）くらいのゆとりがある。

それだけの時があれば、楽屋の押し入れから床下に降り、渡り廊下の縁の下を進んでワキ方・囃子方の楽屋下に至り、白洲席の上州屋を刺し殺して、ふたたびシテ方の楽屋から鏡之間に帰ってくることもできなくはない。このとき、戻った鏡之間には誰もいないのだ。

もちろん、後シテとしての残りの演技は大変な負担とはなるだろう。しかし、唯一、上演中に凶行に及ぶことができる者は、宮之介を措いてほかにはない。

文治郎は自分の考えを整理するために声に出してみた。

「栄山と小源太は先に舞台に出ていて鏡之間を抜け出す暇はない。仮に藤二郎や弥八郎だとした場合、抜け出そうとすれば最後に鏡之間に残っていた宮之介が必ず気づくはずだ。あの日、上州屋が殺されたときに、舞台を離れるゆとりがあったのは、宮之介ただ一人だ」

文治郎は、ハタと膝を打った。

「これは一門全員が出払う『酒瓶猩々』という特殊な曲だからこそできた凶行なのだ」

文治郎の動悸はどんどん激しくなっていった。

表通りを流す門松売りの声が響き続けている。だが、迫る年の瀬を味わうゆとりは、いまの文治郎にはなかった。

第三章　酒瓶猩々の言祝ぎ

1

翌日の朝、外桜田霞ヶ関の黒田家上屋敷、楽屋奥の稽古場に宮之介はいた。

黄金色の光を受け、宮之介は無心に舞っていた。

衣装はつけずに、黒紋付に袴姿での稽古だった。

赤い錦で巻いた打杖《うちづえ》を手にしているところを見ると、鬼女の役柄らしい。

宮之介が力強く振る打杖は、鬼や龍神が使う武具の一種である。

それにしても、軽やかで強い乱拍子は実に心地よいものだった。

しばらく見つめていると、宮之介は身体の動きを止めた。

文治郎に向き直って、恭しく一礼した。

「鬼女が現れたという紀州の天音山《てんのんざん》道成寺の正面には六十二段の石段があるそうですね。誰かが石段を歩いたときに、山が持つ霊力によって、その乱拍子が生まれたと聞いています」

文治郎の言葉ににこやかにうなずいて、宮之介は答えを返した。

「よくご存じですな。ただ、それはひとつの伝説でしょう」

「やはり、先人が苦労の末に編み出した足拍子なのですか」

「伝説とは得てしてそんなものでございましょう。しかし、さすがは多田先生、いまの舞いだけで『道成寺』とおわかりになりましたか」

「実を申せば、赤い打杖をお持ちでしたから……」

文治郎は照れた。

「やはりよくご存じですよ。赤の打杖は鬼女、紺は龍神や『殺生石《せっしょうせき》』の狐などに用います。また萌黄色は『安達原《あだちがはら》』などの紅無《いろなし》の装束の時に使うわけですが、この違いを呑み込んでいる方は多くはありません。たしかに、乱拍子と赤打杖の組み合わせとなれば、曲目は限られますね」

「先日『酒瓶猩々』のシテをおつとめでしたので、次はもうひとつの登竜門である『道成寺』を演じられると考えてもおかしくはありますまい」

「参りました。ご明察です」

宮之介は笑って頭を下げた。

「今日は、どんな御用でお運びですか」

「一度、宮之介さんとゆっくりお話がしたくて参りました」

「わたくしとでございますか……ここではおもてなしもできませんが」

「実はほかの人には聞かれたくないのです」

「なるほど……例の一件がらみのお話ですね」

宮之介は眉をひそめた。

「ええ……その前に唐突ですが、いま何を考えて宮之介さんは『道成寺』を舞っていらっしゃいましたか」

腰に打杖を差して、宮之介はかたちをあらためた。

「されば、時分の花をまことの花と知る心が、真実の花になお遠ざかる心なり。ただ、人ごとに、この時分の花に迷いて、やがて花の失するをも知らず。初心と申すはこのころの事なり」

謡うようにすらすらと宮之介は詠じた。

稽古場の板床に中音が心地よく響く。

「誰の言葉ですか」

「我らが神とも仏とも仰ぐ、世阿弥陀仏が残された『風姿花伝』の第一章、『年来稽古条々』の一節です」

「ほう、世阿弥の言葉ですか。寡聞にして知りませんでした。どんな意味なのか教えて頂けますか」

宮之介は軽くうなずいて口を開いた。

「新人としての珍しさを本当の人気と思い込むようでは『真実の花』にはほど遠い。すぐに消えてしまうような人気におごり高ぶって、いい気になっていることほど愚かなことはない。そんなときこそ初心を忘れてはならない……と、まぁ、こんな意味です」

「なるほど、お覚悟のほどよくわかりました」

「二十四、五歳の心得との添え書きがありますが、先日、初めて抜き物を演じさせて頂きました、いまの自分こそ、もっとも大切にすべき教えと心得ております」

文治郎はうなずいて、しばし黙って宮之介の顔を見ていた。

宮之介は穏やかな表情を崩さなかった。

「ご一門には上州屋さんを憎んでいた方が大勢いるのではないですか」

「何を突然に……」

絶句して宮之介は、文治郎の目を見つめた。

「三番弟子の笹田藤二郎さんは、実は上州屋さんの二男ですね。上州屋さんは息子かわいさに、定光流の一門に対して横車を押し通そうとしたのではありませぬか」

「たしかに仰せのようなこともありました。上州屋は、多額の合力をタテに、役柄にさえ口を出すような、そんな不見識な男でございました」

「そんな上州屋さんをあなた方お弟子さんたちが憎むのは当然のことです」

「多田先生、少なくとも、わたくしは上州屋を憎んだことはありません」

宮之介は平静な表情に戻って答えた。

「そうでしょうか。これはわたしの推し当てに過ぎませんが、上州屋さんは金の力にものをいわせて、無理やり藤二郎さんを三代目に据えようとまでしていたのではないですか」

沈黙の後、宮之介は力強く言い切った。

「しかし、師の栄山はわたくしを跡目と定めてくださいました。すでに『酒瓶猩々』による披きもすんで、動かしがたいこととなりました。いまさら、三代目を藤二郎が継ぐことはあり得ません」

言葉を切ると、宮之介はいくぶん悲しげな表情を浮かべた。

「多田先生がわたくしをお疑いになるのも、ご自分で舞われることがないからでございます」

「どういう意味ですか」

宮之介は瞳に力を込めて文治郎を見据えた。

「人を殺めた後に、『酒瓶猩々』のような難しい曲の後シテがつとまるものではございませぬ。渾身の力を込めねば、必ず荒れた後シテになる。されど、多田先生ご自身が、あの日のわたくしの舞いに過分なお言葉を下さったではありませんか」

「はい。最後の舞いを見終えた後は馥郁たる美酒に酔ったような心持ちだったと言いました」

「上州屋を殺した後にそんな舞いができるはずはありません。大殿さまも、先生のお説はお聞き入れにならないでしょう。師の栄山に訊いてみても同じことでございます」

見返した宮之介の眼光には不屈の気構えが籠もっていた。

「ご自分で舞う方は、どなたもそう考えますか」

宮之介の言葉は事実と認めざるを得ないようだ。

「はい、あの曲の後シテは、『キリ』と申します最後の部分へ向かってどんどん難しくなります。人を殺めた身でそのような舞いができるほど、猿楽の道は甘《あも》うございませぬ」

宮之介は居住まいを正して口を開いた。

〽菊の露。積りて尽きぬこの泉

宮之介は『酒瓶猩々』の最後の詞を朗々と謡った。

「十六日の終曲で、わたくしのこの謡に、少しでも迷いや紛れがございましたか」

宮之介は堂々とした声音で言い放った。

文治郎は自らの考えを「理に勝ちすぎた」ものだったと認めざるを得なかった。

「無礼を申しました。どうか、いまお話ししたことはお忘れください」

文治郎は板床に手を突いて詫びた。

「あらゆることをお考えになり、あらゆる者をお疑いになるというのが、此度の先生のお仕事ですから」

「わたしの浅慮を、どうぞお恨みくださいますな」

「ご懸念なく。大殿さまのご下命です。わたくしも及ばずながら、お手伝いをしたいところでございます」

宮之介は如才なくいって、文治郎を送り出した。

文治郎は自らの勇み足を認めざるを得なかった。

苦い気持ちで、黒田家上屋敷を後にする文治郎であった。


その夜、柳橋の自宅で、文治郎は立ち寄った甚五左衛門と酒を飲んでいた。魚屋の小僧が持って来たシラウオだけが肴だった。

ちょうど旬が始まったばかりのシラウオは、歯ごたえがよく文治郎を楽しませてくれた。

嚙みしめると、口の中でほのかな甘みと豊かな旨味がひろがる。
二、三杯、盃を重ねてほんのり身体が温まってきたところで、いままで調べたり考えたりしたことを、文治郎は甚五左衛門に話して聞かせた。

「いや、賊は藤二郎だよ」

盃を口もとから離して、甚五左衛門は断言した。

「なぜそう思うのだ」

「ほかの者と比べて、図抜けて品性下劣ではないか。親父殺しくらいしかねない男だ」

甚五左衛門は力を込めていった。

「たしかに、宮之介と小源太の二人は我欲を抑えて節制し、芸道を真っ直ぐに突き進んでいる。弥八郎は無邪気な若者に過ぎず、とても殺しなどできそうにはない」

「文治郎が考えている舞台での役者たちの動きには、見落としがあるのかもしれぬぞ」

珍しく的を射た甚五左衛門の言葉に、文治郎は素直にうなずくしかなかった。

「そうだな……なにかを見落としているような気がする」

文治郎がちょっと考えていると、甚五左衛門が明るい声を出した。

「例の、なんだっけ……猿島で言っていた言葉があったじゃないか」

「貧の盗みに恋の歌……」

貧しさに耐えられなくなれば盗癖のない者も盗みを働くし、恋に迷えば歌心のない者も歌を詠む。追い詰められればどんなことでもする、人という生き物の悲しい性《さが》をよくあらわしたことわざである。

「うん、それからもうひとついってただろ」

「謎解く鍵は人の心よ……これか」

「それそれ」

甚五左衛門は膝を叩いた。

「文治郎に言わせりゃ、殺しなんてのは、人の心が生むんだろ」

「その通りだ」

「だったら、もう一度、一人ひとりの心に迫ってみろよ」

甚五左衛門は、唇をちゅっと鳴らして酒を飲み干した。

「今宵の甚五左衛門は妙に冴えてるな」

文治郎は鼻から息を吐いた。

「今宵だけではないだろ」

「まぁな。も少し飲め」

文治郎は空になった甚五左衛門の盃に酒を注いだ。

家路につく頃には、甚五左衛門はかなりよい顔色になっていた。

「ひそかに藤二郎を張ってみるよ」

「ああ……頼む」

文治郎は頭を下げて、甚五左衛門を送り出した。

居間の畳に転がった文治郎は、染みだらけの天井を眺めながら、もう一度、栄山一門の顔を思い浮かべた。

表通りで酔っ払いが喧嘩する声が風に乗って聞こえてきた。

2

翌日の昼過ぎ、甚五左衛門が、寓居の戸口に顔を出した。

こわばりきったその顔を見て、文治郎は嫌な予感に胸をふさがれた。

「大変なことが起こったぞ」

「定光流の関わりか」

「河原宮之介が死んだんだ」

「なんだって……いつ、なぜ死んだんだ」

裸足で土間に飛び降りた文治郎は、つかみかかるように甚五左衛門に迫った。

「昨夜遅く赤坂溜池に落ちて死んだ。町方から知らせが入ってな。今朝、通行人が見つけたんだ。すでに検屍も済んだが、どうやら入水らしい」

甚五左衛門はうそ寒い声を出した。

「じゅ、入水って……自害したということか」

文治郎の声は震えた。

「どうやらそうらしいな。これから麻布龍土町の屋敷に顔を出してみるつもりだが、一緒に来るか」

「あ、ああ……行く」

あわてて押し入れから黒紋付を引っ張り出して羽織った。

薄曇りの空の下、麻生龍土町へ向かう文治郎の心は重かった。

昨日、凶徒扱いしてしまったことが、宮之介を追い詰めたのか。

だが、別れしなの宮之介に、そんなようすは少しも感じられなかった。

一刻も早く詳しいことを知りたい。

文治郎はふさぐ気持ちと焦燥感という相矛盾する心に追い立てられるようにして、道を急いだ。

途上で右手に赤坂溜池の薄緑色の水面がひろがっていた。

この冷たい水の中で、宮之介が死んだとはどうしても信じられなかった。

龍土町の栄山の屋敷に着くと、忌中の札も出ておらず、弔問客らしき者も見当たらなかった。

出てきた下女に案内を乞うと、書院に通された。

線香の煙がもうもうと立ち上り、むせかえるようである。

北を枕に宮之介のなきがらが顔を白布に覆われて寝かされていた。

枕元には合口拵《あいくちごしらえ》の呂色鞘の短刀が置いてある。

樒《しきみ》や燭台、鈴、線香といった枕飾を載せた文机も見えた。

左手には紋付姿の栄山が放心したように座っていた。

かたわらには、目を真っ赤に泣きはらした凪がうつむき加減に寄り添っている。

後ろに小源太、藤二郎、弥八郎の三人の弟子たちが唇を引き結んで、暗い顔をして座っていた。

「栄山どの……」

声を掛けると、ぼんやりとした視線を、栄山は文治郎たちに向けた。

「これは、多田先生、宮本さま……わざわざお越し下さって」

「このたびは、突然のことで……」

「まさか、こんなことになるとは……」

「何があったのです……」

文治郎の言葉に栄山は力なく首を振った。

「わたくしからはいまはとても申し上げられませぬ。まだ、気が動転しておりまして……まず死に顔を見てやって下さい」

栄山は宮之介の顔を覆っていた白布を取った。

眠っているような穏やかな死に顔を見て、その死を信じられない思いが湧き起こった。

文治郎と甚五左衛門はそろって合掌し、霊前に線香を供えた。

「あちらに茶を用意させますので……」

栄山の言葉に従って、文治郎たちは書院を出て次の間に移った。

「宮之介、なんで死んだ……なんで死んでしまったのだ」

栄山の悲痛な声が書院から響いていた。

しばらくすると、小源太が煎茶器を二つ持ってきた。

「多田先生、通夜に先立ち、こんなにも早くお越し頂きまして」

沈みきった表情の小源太の目の下には青い隈ができている。

「町方から目付方に知らせが入りましたので……取るものも取りあえず伺ったような次第で」

「それはそれは……まことにありがとうございました」

あらためて小源太は畳に手を突いた。

「宮之介さんが死んだいきさつについてご存じのことを伺いたいのですが……」

「御役所（奉行所）のお役人さまにお話ししましたが、同じことでよろしければ……」

「ええ、お願いします。昨日のことを順序立ててお話し下さい」

とりあえず昨日の朝、黒田家上屋敷で宮之介と会ったことは伏せて、文治郎は問いを発した。

「昨日は、先日の祝儀能の打ち上げということで、東両国の『淡雪豆腐』に飲みに行きました」

「ああ、苦汁《にがり》を入れずに作るふわふわの豆腐が美味い店ですね」

あえてふつうの答えを文治郎は返した。

柳橋とは目と鼻の先である。麻布龍土町からはずいぶん遠いが、あの界隈にはろくな食べ物屋がない。

「昼飯から始めて、暮れ六つ過ぎまで飲み続け、すっかりできあがったところで屋敷へ戻りました。あたりはもう真っ暗で提灯を手に手に帰って参りました」

大名屋敷の門限は暮れ六つの鐘と決まっているが、栄山邸は黒田家中屋敷の裏手とはいっても、別の屋敷である。

「栄山さんもご一緒でしたか」

「宗家は風邪気味ということで、臥せっていらっしゃいました。飲みに出かけたのは、四人の弟子だけです」

「どうして、宮之介さんお一人になったんですか」

「それが……金比羅さまのところまで来ると、兄弟子は『約束があるから』といって、わたくしたち三人を先に帰しました」

「そういうこと……つまり、宮之介さんが一人だけ別に動くということはよくあることなんですか」

「いいえ、覚えがないですね。ただ、兄弟子は何やらそわそわしたようすでしたので、きっといい女《ひと》との約束でもあるのかと、わたしが率先して藤二郎や弥八郎をせき立てて、宮之介を残して屋敷に戻りました」

「お屋敷に戻ってからどうしたんですか」

「ずいぶん飲んでいたので、わたくしはそのまま寝入ってしまいました。ところが、朝起きてみると、兄弟子の姿が見えませぬ。宗家に訊いてみても知らぬということです。さぁ、わたくしは心配になって屋敷を飛び出しました。取るものも取りあえず、昨夜兄弟子と別れた金比羅さままで走って参りますと、大溜りのあたりで黒山の人だかりでございます。嫌な予感を抑えられずに、ご見物に叱られながらも人垣を分けて水辺に出てみますと……」

「宮之介さんが岸に打ち上げられていたというわけですね」

「はい、岸辺の斜面で足を滑らせた宮之介は池の氷を破って深いところに落ちて溺れたそうです。日本橋に仕入れにゆく魚屋が見つけました。わたくしが駆けつけたときには、すでに御役所のお役人も出張って見えていました。話を聞かれましたので、昨日のできごとを包み隠さず申し上げました」

「同心連中は、事情をすぐにわかってくれましたか」

人を疑うのが仕事の定町廻り同心たちなら、小源太を引っ張っていきかねない。

「はい、黒田さまのお抱えと知ってか、お優しかったです。酒に酔って誤って池に落ちたということで片付くところでございました。ところが、後から遺書が見つかりました」

「遺書、どこにあったのです」

「師の栄山が、宮之介の文机の中から見つけたのです」

「お、お見せ願えますか」

「少々お待ちください」

小源太は席を立つとすぐに、折りたたまれた奉書紙を持って来て、畳の上に開いた。

「こちらでございます」

——海ヨリ深キ我ガ師ノ高恩ニ背ク罪ノ深キコト、万死ヲ以テ償フ可《べ》キ物ニテ候

左下には、河原宮之介の署名も残されていた。

(海よりも深い我が師の恩に背く罪の深さは、死を以て償うべきもの……か)

一見して、文治郎は心のざらつきを覚えた。

「これは間違いなく、宮之介さんの手跡なのですね」

「間違いありません。ほかの手跡と比べても一目瞭然です」

小源太ははっきりとした口調で断言した。

「この遺書も町方に出したのですね」

「はい、この遺書が出て参ったことで、御役所では上州屋殺しは宮之介の手によるものので、その罪を苦に池に身を投げたとお決めになりました。正式なお沙汰はこれからですが、とりあえず栄山以下一門の者が罪を負うことはないだろうというお話でした」

「ご一門が罪を免れたのはよかったですが……」

文治郎はもう一度遺書に見入った。

書家として嫌というほどたくさんの書を見ている。書というものは嘘をつくとどうしても乱れる。書者《しょは》心画也《しんがなり》という言葉は真実だと文治郎は確信している。

この手跡に乱れはなく、文面に少しの嘘もないと文治郎は感じた。

だが、どうも納得ができない。遺書としては筆致が軽すぎるように思うのである。

上州屋勢右衛門を殺した罪を悔いて自害した者の遺書には、どうしても見えなかった。

それ以上に、昨日の宮之介は、人を殺めた罪を悔いているようには見えなかった。

また、仮に宮之介が賊だとしても、その罪を悔いて自害するなどとは考えられなかった。

——わたくしのこの謡に、少しでも迷いや紛れがございましたか

宮之介の堂々とした声がありありと蘇った。

(あれは人を殺した者の態度ではない)

文治郎には、すべてがちぐはぐに思えた。

だが、この遺書は、町奉行所が今回の一件を解決するにはじゅうぶんな証であった。

栄山にもう一度あいさつをして、文治郎たちは屋敷を辞去した。

かたわらの凪は、悲しみに堪えかねたか、泣き崩れて会釈もできないようすだった。

「一件落着だな……」

屋敷を出たところで、甚五左衛門が低くいった。

「落着だって」

文治郎の声は裏返った。

「そうじゃないか。宮之介が上州屋を殺したことに疑いはあるまい。自分の生命で償ったんだし、遺書もきちんとあるんだからな。御目付にことの次第を申し上げて、黒田さまにもお伝え頂かなければならぬ。上申書は容易に書けそうだ。文治郎の手を煩わせるまでもなさそうだ」

「待ってくれ。甚五左衛門」

文治郎は甚五左衛門の肩をつかんだ。

「なにか不審があるのか。此度はいくら文治郎でも、ほかの結論は導けまい」

「わからぬのか。待ってくれといってるんだ」

「待てぬよ。結論が明白であるからには、一刻も早く上申書を提出したい」

甚五左衛門は意固地に首を横に振った。

「それじゃあ、わたしは用済みだな」

文治郎はイライラしながら先を歩き始めた。

「ん、待てよ……宮之介は舞台に出ていたではないか。いったいどうやって殺したんだ」

立ち止まって考え込んでいるようすの甚五左衛門を放っておいて、文治郎は赤坂溜池の方向に早足で歩いてゆく。

「お、おい。待てよ、文治郎っ」

小走りに追いかけて来た甚五左衛門が、前に回って行く手をふさいだ。

「舞台の上からどうやって殺したんだ。教えてくれ、文治郎」

「わたしの手を煩わせるまでもないと、たったいまそう申したではないか」

文治郎はにべもなく答えた。

内心のちぐはぐ感、これで終わってはならないという焦燥感が文治郎をいらだたせていた。

「御目付に上申するのは、しばし待つ。だから、カラクリを教えてくれ」

「わたしにも、謎はまだ解けていないんだ。ただ、町方が決めつけた結論はどこかに間違いがある」

自分でも思わぬほどの大きな声が出た。

「わかった。文治郎が納得のゆく結論が出るまで上申しない。町方の考えが間違っているなら、尻馬に乗れば恥を掻くのはこっちのほうだからな」

「誰がどう恥を掻こうと、知ったことではない。だが、真実を知りたいのだ。隠された真実を」

「こうなると、気の済むまで考えるしかない男だからな」

「ああ、気の済むまで考えてみる」

「やはり藤二郎だろう。奴は相変わらず屋敷を抜け出しては新宿あたりの女のところへ入り浸ってるぞ」

「甚五左衛門は藤二郎を張っていてくれ」

文治郎は言い捨てて、すたすたと歩き始めた。

「どこへ行くんだ」

「外桜田だ。すべてはあの場所にある」

「つきあうよ」

「いや、一人で舞台に立って考えてみる」

「承知した。なにかわかったら、すぐに知らせてくれ」

「そうするよ、では失敬」

文治郎は走り出した。

外桜田の黒田家上屋敷に着いたときには、小雪が降ってきた。

三宅新左衛門は留守だったが、わけを話して黒田家中の者に舞台まで案内してもらった。

立ったり座ったりして、役者の目になったつもりで、しばらく舞台を歩き回った。

付き添ってきた黒田家の武士は、けげんそのものの顔で文治郎を見ていた。

だが、いつの間にかその武士の存在そのものが、文治郎の頭から消えていた。

(あの日、ここでいったいなにが起こったのだ……)

鏡のような舞台に文治郎は座り込んで、白洲を眺め続けた。

「謎解く鍵は人の心よ……」

文治郎は独りごちた。

ふところから帳面を出す。

最初に、舞台の見取図を実際の景色と引き比べてみる。

やはり、凶徒の動きは、一昨日考えたような動線上にしか考えられなかった。

続けて、『酒瓶猩々』の進行図を記した部分を開いて考えてみる。

（凶行ができた者は、後シテしかいない……）

しばらく白洲とその後ろに延びる楽屋を眺めていた文治郎は、頭の奥底に稲妻が光る感覚を抱いた。

「そうかっ。それですべてが解決できるっ」

立ち上がって叫んだ声が、白洲全体に響き渡った。

「どうなさいましたか……」

薄気味悪いものを見るような顔で、付き添いの武士が声を掛けてきた。

小雪はいつの間にかやみ、薄日が大広間の屋根瓦をやわらかく光らせ始めた。

3

翌日、朝日の降り注ぐ黒田家上屋敷の大広間には大勢の者が集まっていた。

上座に座るのは小姓たちを従えた黒田継高である。留守居役の守田矢平太と三宅新左衛門も顔を揃えている。

さらに、公儀からは稲生正英と甚五左衛門の二人が、上座に対して直角に座っていた。

加えて、定光流からは、栄山と小源太の二人が硬い表情で正英たちの正面に座っていた。藤二郎と弥八郎は呼ばぬように、文治郎は頼んでおいた。

暮れも押し迫っていたが、文治郎が正英を通じて「謎解きをする」旨を告げると、継高が鶴の一声で一同を集めたのだった。

守田矢平太が型どおりのあいさつをした後で、文治郎は立ち上がって一同に向かって宣言した。

「お集まり頂き恐縮です。十六日の祝儀能のおりに何が起きたか。ようやく、その謎を解くことができました。甚五左衛門、白洲に降りてくれ」

文治郎の言葉に従って、甚五左衛門は白洲に降り立った。上州屋が座っていた場所まで進むと、しかつめらしい顔をして舞台の方を向いて端座した。あらかじめ頼んでおいたので薄縁が一枚敷いてあった。

「さて、これからわたしが、当日の賊徒の動きを再現してみせます」

階から舞台に上がった文治郎は大広間に向かって声を張り上げた。

「よろしいですか、皆さん。わたしが揚げ幕の向こうに消えてから、この舞台へ戻るまで、どれくらいの時を要するか見ていて下さい」

文治郎は橋掛かりをゆっくり歩いて揚げ幕を越えると、もう一度声を張り上げた。

「さぁ、いまからです」

すぐにシテ方の楽屋へ進み、押し入れの開口部から床下に降りる。さらに羽目板を外して、渡り廊下の縁の下に出た。

そのまま縁の下を中腰でゆっくり歩き、ワキ方・囃子方の楽屋下まで進んだ。

目の前の白洲には甚五左衛門の背中が見えている。

手にしていた杖で、文治郎は甚五左衛門の首の後ろを突いた。

「してやられた」

示し合わせていた甚五左衛門が叫び声を上げてその場に倒れた。

あたりは水を打ったように静まりかえっている。遠くの泉水べりでさえずる鳥の声だけが響いている。

文治郎はいま来た経路を逆に辿って、シテ方の楽屋に戻った。そのまま鏡之間へ進み、揚げ幕から橋掛かりへと姿をあらわした。

すり足を真似て舞台中央まで進むと、一同に向かって深々と頭を下げた。

「いかがでしょうか。それほどの時を要してはおりません」

文治郎の言葉に、継高がうなずいた。

「そうだな。四半刻の半分も掛かっていないように思う」

「おわかり頂けましたでしょうか。中入が終わって後場が始まったときに賊は鏡之間からいまわたしが通った経路を使ったわけです。さらに渡り廊下の縁の下を白洲席まで進んで凶行に及んだ後、同じ経路で鑑之間に戻ったのです。そのまま何食わぬ顔で演技を続けて無事に終焉を迎えたというわけです」

「賊は栄山一門のなかにいると申すか」

継高は心底驚いた声で聞いた。

町方の調べは継高の耳には届いていないはずである。

「はい、間違いございませぬ」

「誰が、賊だと申すのか」

「おいおい申し上げまする……ああ、甚五左衛門。もう生き返ってもよいぞ」

「死んだふりも疲れるな」

それまで倒れていた甚五左衛門は白洲席で立ち上がった。

「お言葉を返すようですが……」

継高に対して直角の位置に座った栄山の声が響いた。

「上州屋が殺されたその瞬間《とき》、わたくしは舞台で小源太と連れ舞いの最中です。また、宮之介は藤二郎、弥八郎とともに橋掛かりへ出る時を待って鏡之間に控えていました。誰一人として渡り廊下には参れませぬ」

栄山は顔色も変えず堂々と言い放った。

「いいえ、一人だけ行ける者がいるのです」

「いったい誰が行けると仰せですか……」

栄山の怒りを帯びた声に、文治郎は穏やかに微笑んで唇を開いた。

「紛らわしいのでツレ猩々を甲乙丙丁の四つに分けましょう。中入が終わったところで、ツレ猩々の甲と乙の二人、つまり栄山さんと小源太さんは舞台で連れ舞いをしています。しばらく間があって、ツレ猩々丙の藤二郎さんが橋掛かりへ出て舞い始める。ここでもしばらく間があってツレ猩々丁の弥八郎さんが橋掛かりへ出る。さらに間があって後シテの宮之介さんが柄杓を持って橋掛かりへ出る。舞台に二人、橋掛かりに三人の猩々が同時に舞って見物はぐいぐい引き込まれるところです」

「さよう、もっとも盛り上がる場面でござるな」

矢平太が継高の横で声を発した。

「ですが、どうでしょう。ツレ猩々丙の藤二郎さんが鏡之間を出てから後シテの宮之介さんが鏡之間を出るまでには四半刻の半分ほどのゆとりがある。凶行はこの間に後シテによって行われたのです」

「そんな馬鹿なことが……」

新左衛門が息を呑んだ。

「そもそも面を掛けると、視界がひどく狭まります。自分のいる位置すらわからなくなりがちです。そのために、猿楽師さんたちは、笛柱、ワキ柱、目付柱、シテ柱などを目印にするのでしょう」

「それはそうですが……しかし……」

新左衛門には納得がゆかないようであった。

「藤二郎さんも弥八郎さんも少将さまや居並ぶご来賓を前にした大舞台は初めてです。そのせいで、おそろしく上ずっていたはずです。だから、二人は背後など見ていなかったのです。そのせいで、後シテが姿を消してもまったく気づかなかったのです。その間に後シテは渡り廊下を辿り、ワキ方・囃子方の楽屋の縁の下から上州屋さんを突き殺した……毒で殺したわけですが」

「たしかに仰せの説によれば、四半刻の半分くらいの時は作れるでしょう。しかし、残念ながら、多田先生のお考えは猿楽を知らぬ者の戯言《ざれごと》です」

栄山は苦々しげに舌打ちした。

「なぜです」

「人を殺せば誰でも精力を使い果たしてしまうでしょう。その後に、後シテをまともに舞える者などこの世にはおりませぬ。だが、先生ご自身もご覧になったように、あの日の宮之介の後シテ猩々は完璧でした」

「予もそう思う。多田どのの考察には納得できぬ」

継高は栄山の言葉に心から賛同したように言葉を添えた。

「それはそうなのです。宮之介さんは人など殺していませんから」

一座の人々からどよめきが上がった。

「多田どのの言葉の意味がわかりかねるが」

継高は口をぽかんと開けた。

「実は後シテは途中で入れ替わったのです」

「せ、説明してくれ」

先を急かす継高に、文治郎は一語一語はっきりと告げた。

「アイが水神として中入をつないでいる間に、前シテの童子である宮之介さんが猩々へと衣装替えをしました。鏡之間はごった返しています。着替えが済んだところで、栄山さんと宮之介さんは入れ替わったのです。お二人は背格好が似ています。わたしはかつてある猿楽の伝書で読んだのですが、宗家を継ぐ者は背格好が似ていたほうが都合がよいそうですね。先代の芸を引き継ぐのに、あまりに体格が違うと、何かとやりづらいそうです」

「うむ、その話は剣術と同じだ。剣術も身体の技ゆえ、体格が違うものが師の編み出した技を受け継ぐのは難しい。宮本武蔵になかなか弟子ができなかったのは、武蔵があまりに大男で似た体格の弟子が見つからなかったからだとも聞く」

継高は妙なところで納得したようだ。

「此度の『酒瓶猩々』では、衣装も面もまったく同じです。同じ衣装のシテやツレが五人もそろう曲は類を見ません。だから、栄山さんは此度の五番目に『石橋』や『道成寺』ではなく、『酒瓶猩々』を選んだのです」

「なんと……」

「ほかのお弟子さんたちは中入が終わって、ツレ猩々乙の小源太さんと一緒に橋掛かりへ出ていったツレ猩々甲のことを、栄山さんだと思い込んでいた。しかし、それは宮之介さんだったのです」

「うぬぬぬぬ。さようなわけであったか」

継高はうなり声を上げた。

「宮之介さんは、そのまま舞台でツレ猩々甲の役をつとめ続けていました。人殺しが済んで、ツレ猩々丙の藤二郎さんや丁の弥八郎さんとともに、後シテ猩々が橋掛かりで舞う。このときの後シテ猩々は栄山さん、あなたでした」

栄山は石仏になったかのように微動だにしなかった。

「それで、いつ二人は元に戻ったのだ。後場でもシテの謡は栄山ではなく、若々しい宮之介の声だったぞ」

代わりに継高が急き込むように訊いた。

「さらに五人の猩々が舞台に勢揃いしますよね。位置を変えながら舞っているときに後シテの目印である柄杓を栄山さんは宮之介さんにそっと渡したのです。ここで宮之介さんが本来の後シテ役に替わり、栄山さんはツレ猩々甲となって舞台は進行しました。これは薪能となった舞台だからこそできることです。昼間ではさすがに誰かが気づいたかもしれません」

「とすると、つまり」

「そう。宮之介さんは舞台をつとめていただけで上州屋さんを殺したわけではない。ただ、前シテから後シテの間にほとんど休みなく舞い続けたのです。ですが、若くて気力の充実している宮之介さんならできたはずです。なにせ、この入れ替わりを条件に定光流を譲ると約束されていたからです。しかも、上州屋さんを殺すことは栄山さんにとってはもちろん、宮之介さんにとっても正義以外の何ものでもなかった……まあ、この点は後で話しますが」

「ま、まことなのか、栄山。しかしなにゆえ、そのような……」

継高の下問にも、栄山は微動だにしなかった。

「わたしの推し当てをお話ししましょう。栄山さん、違ってたら、いくらでも仰って下さい」

栄山の瞳がかすかに揺らいだように思えた。

「栄山さんは上州屋さんに大きな借財があったのです。表には出ていませんが、わたしは確信しています」

「予は栄山に五百俵を与えていた。稽古場も造ってやったし、屋敷も借りてやっている。それでも借り入れが必要だったと申すのか」

継高は叱りつけるように尋ねた。

「どうか少将さま、その点については栄山さんをお責めにならないで下さい。おそらく栄山さんは、少将さまによりよい舞台をお目に掛けたくて借財を重ねたのです。少しでもすぐれた面を打たせ、少しでもよい衣装を作らせたい。それによって少しでも華やかで美しい舞台をお目に掛けたい。そんな気持ちからの借財だと思います」

「そうか……芸道ゆえの欲だな」

継高の声がいくぶんやわらいだ。

「猿楽の面や衣装は言うまでもなく大変に高価です。お金を掛ければキリがありません。多彩な曲目を用意しようとすれば、どんどんお金は掛かってゆきます。四座一流のようにいままでの面や衣装といった財産をたくさん持っている立場と違って、定光流はわずかに四十数年の歴史しか持ちません。面や衣装の蓄えはない。そもそも四座一流に太刀打ちできるはずもないのです。だが、栄山さんは伍して戦おうとなさった。悲劇はそこから始まっています」

「それで上州屋に借財を……」

「そうです。上州屋さんは謡のお弟子さんですからね。それだけじゃない。三番弟子藤二郎さんは上州屋さんの二番目のお子さんです」

「そうだったのか」

継高は絶句した。

文治郎が新左衛門から聞いたこの事実も、継高は知らなかったようである。

「借金が返せなくなった栄山さんに上州屋さんはあることと引き換えに、借金を棒引きにしてやると迫ったのです」

「あることとはまさか……」

「そうです。三代目を藤二郎さんに譲れと迫ったのです。言うことを聞かなければ、少将さまに訴え出るとでも脅したのでしょう」

「息子かわいさゆえの奸策か」

「もちろん、それもあるでしょう。しかし、黒田家お抱え猿楽師を息子に持つことは将来計り知れない利益を生むと上州屋さんは考えたのかもしれません。だが、それには大きな誤りがありました」

「わかるぞ、皆まで申すな。藤二郎はどう見ても宗家の器ではない。あんな者に跡目を継がせることは猿楽師として世間へ顔向けができないと、そう栄山は考えたのだな」

「それればかりではございませぬ」

低い声が響いた。

しばし黙っていた栄山が言葉を発したのだ。

その場にいた誰もが固唾《かたず》を呑んで次の言葉を待った。

「もし藤二郎に定光流を継がせたらどうなりましょう。宮之介や小源太のような才分に恵まれた者がいつまでもその風下に立っていられるはずもございませぬ。いえ、弥八郎ですら五年がうちには藤二郎を見限ります。さすれば、定光流は滅びます。大殿の海よりも深きご高恩に対して、この上ない非礼でお応えすることになってしまいます」

「ふむ、なるほどの」

継高はかすかにあごを引いた。

「また、先代以来、我らが刻苦に刻苦を重ね、精進の上にも精進して作り上げて参ったいまの定光流の演目もすべて滅びます。たとえば、我らが『酒瓶猩々』は、観世流の『大瓶猩々』ともとを同じくしながらも、まったく別の本祝言物として完成を見ました。この大曲も春の淡雪のように消え去ってしまいます」

額に深い縦じわを刻んだ栄山の顔が、徐々に上気してゆく。

「あんな下衆な、金のことしか考えられぬ男に、この定光流を渡せるわけがないではありませぬか。あんな我利我利亡者は無間地獄に堕ちればよいっ」

栄山の叫び声が広間に響き渡った。

「御前だ。栄山、控えよっ」

三宅新左衛門が尖った声で制した。

「相済みませぬ……つい、我を忘れ申しました」

栄山は継高に向かって平伏した。

「三宅、咎め立ては無用ぞ。栄山、続けよ」

継高の言葉に勇気づけられたかのように、栄山は背筋を伸ばして口を開いた。

「もとはといえば、すべてはわたくしの不徳の致すところから生じた困難でございます。上州屋勢右衛門という男は、よい面打ち師や西陣の衣装屋などをわたくしに紹介し続けました。初めは控えめに面や衣装を買っておりましたが、やはりよいものを使えば、はっきりと舞台映えがするものです。次の『井筒』にはこの小面が似合う、おこの黒髭で『春日龍神』を演じよう、この平太《へいだ》なら『田村』はこう、などと考えると、これがまた楽しくてなりませぬ。すると、上州屋は『すべては芸のためです』などと申して、親切ごかしに大金を融通しました。面も衣装もどんどん増えて参りました。ところが、わたくしが借財で二進《にっち》も三進《さっち》もゆかなくなると、掌を返すように、定光流を譲れと脅し始めたのです。悪計にうまうまと乗ったわたくしも愚かではありますが……」

当時を振り返るように栄山は遠くへ視線をやった。

「我が定光流は新興の流派だけに、まだシテ方と囃子方のみであって、ワキ方や狂言方など、他流派の力をお借りするほかはありませぬ。先日のような大きな舞台となると、観世座などから人を借りねば、舞台は成り立ちませぬ。それゆえ、ワキ方などに払うべき賃銀も大変に大きなものとなって参ります。苦しいのはいまだけだ。宮之介の代になれば、すべてを定光流で賄えるようになると信じて続けて参ったのでございます。されど、上州屋は金の力で、我が定光流を買い叩こうと目論んだわけでございます」

「凶器は何だったのだ。先ほどの再現のとき何やら赤い色の棒が楽屋下の縁の下から突き出されたが」

「これです」

文治郎は古代錦で巻かれた二尺（六十センチ強）の棒状のものを取り出して、皆に見せた。片端に槌の頭部を模したような横長の小さい板が付いている。

「それは打杖ではないか」

「少将さま、打杖は五番目物などで使う小道具でございますね」

「うむ。鬼や龍神の役が持つ。この打杖で通力を得て戦うという場面に用いる」

「真っ直ぐで腰の強い竹を用いるのですよね」

「さようだな。されど、いくらなんでも短かすぎよう」

「栄山さんはこの打杖を三本継ぐことができるように工夫したのです。継いだ部分は目釘のようなもので留めたのでしょう。さらに、先端に畳針のような太い針を仕込んだ。針に毒を塗り込んだことは検屍の通りです」

「むむ、三本継ぎの毒槍か」

「渡り廊下から上州屋さんが座っていた場所までは、わずかに半間（約九十センチ）しかありませんから、二本継ぎでも届いたかもしれません。先ほどご覧に入れたように、縁の下からこの得物を突き出して、上州屋さんの首の後ろへ毒を入れたのです。これまた、薄暗くなってからではないと、誰かに気づかれます」

「しかし、よほどの修練を要しよう」

「いや、栄山さんには何でもないことだと思いますよ」

栄山の表情は変わらなかった。

「ところで栄山さん、あなたは上総《かずさ》のご出身ですね。わたしの友垣の、そこに座っている宮本甚五左衛門が調べてきたのですが」

いったん顔色を変えた栄山だったが、すぐに平静を繕って答えた。

「よくお調べになりましたな。仰せの通り、わたくしは上総は勝浦の出でございます。祖先は安房の館山で里見家にお仕えしていたそうですが、長らく勝浦で帰農しております」

「郷士《ごうし》と呼べるようなお家柄ですね」

「まぁ、小さな網元ではございますが、代々、名字帯刀を許されておりました。ところが、わたくしは二男坊ですので、そのまま家にいれば漁師になるほかはありませぬ。幼い頃より海に出てはいたものの、端から漁師などは向かない性分でございます。そんなおりに間に立つ人があって先代の定光栄川に弟子入りすることができたのでございます」

「勝浦にはカジキを獲るおもしろい漁法がありますね」

　栄山の顔に驚きが浮かんだ。

「まったく以て多田先生の博覧強記には驚きます。はい、伊豆などと並び房総には『突きん棒漁』と呼ばれるカジキ獲りの漁法がございます」

「銛竿《もりざお》を用いるのですね」

「ええ、船上から銛竿を投げてカジキを獲る漁法です。銛竿は長いものでは十五尺（約四・五メートル）もあります」

「栄山さんは、若い頃には地元の漁師たちに交じって海に出ていたのではないでしょうか。突きん棒漁もなさいましたね」

「ご賢察の通りです。それで船が嫌いになりました」

　栄山は苦笑いを浮かべた。

「打杖を四本継いだってせいぜい八尺（二・四メートル強）です。しかも軽い。十五尺の重い銛竿で激しく動くカジキを突くことに比べたら、軽い打杖で座って舞台を見ている上州屋さんを刺すことなんて何でもない話でしょう。打杖は元の通りバラバラにしてあれば、楽屋に転がしておいても目立つものではありませんからね。おそらくはすでに処分してしまっているでしょうけれど……」

「たしかによく使う小道具ではあるが、それが凶器だったとは」

継高は鼻から息を吐いた。

「栄山。多田どのの話はすべてまことなのか。何か言い返すことはないのか」

継高の下問に栄山はうつむいたままでひと言も発しなかった。

広間を重苦しい沈黙が包んだ。

「すべては、我が不徳の致すところでございます」

沈黙を破ったのは、栄山だった。

「上州屋を殺め、大殿さまの御恩に背き、お屋敷を汚せし我が罪、万死に値します」

栄山がふところから何かを取り出した。

手元がキラリと光った。

「あっ、いけないっ」

文治郎は叫んで腰を浮かした。

だが、遅かった。

栄山は自らの喉深く太い針を突き刺した。

「大殿さま……どうか……小源太に跡目を……お許しくださ……」

そのまま座敷に、栄山は倒れ伏した。

「師匠、師匠っ」

かたわらに座っていた小源太が抱え起こして、栄山の肩を激しく揺すった。

血の気がどんどん失われてゆく。

泡を吹きながら、栄山の全身が小刻みに痙攣している。

全身がガクッと大きく震えて、栄山の身体の動きが止まった。

新左衛門が駆け寄って首で脈を取った。

「駄目です。心ノ臓が止まっております」

新左衛門は暗い顔で首を振った。

「師匠、なんでこんなっ」

小源太の悲痛な叫び声が響き渡った。

「栄山、早まった真似を……」

継高がうめいた。

人々はしばらく呆然と座っていた。

庭の木で鳴くメジロの声が響き続けた。

「亡骸を取り片付けよ」

我に返ったような継高の下命に従い、小姓たちが栄山の頭と足を持って、広間の外へ運び出した。

「師匠、師匠っ」

そうすれば栄山が生き返るかと信じているように、小源太が亡骸を揺すりながら付き従って出ていった。

しばらく広間は静まりかえっていた。

「下野どの、此度の一件だが……」

やがて継高がゆっくりと口を開いた。

「は……」

正英ははっと我に返ったように継高の顔を見た。

「下野どのはどうお考えか」

「町方ではすべての凶行は河原宮之介一人の手によるもので、その罪を悔いて入水し自害したと断じたようですが……」

正英は言葉を呑み込んだ。

「どうやら町奉行所の調べの通りのようだ」

継高はぽつりといった。

「宮之介一人の凶行ということですな」

継高の真意を察した正英は、明確な答えを返した。

「さよう。従って、弟子の罪を背負って、ただいま自裁した栄山に罪はない」

「なるほど、まことに仰せの通りでございますな」

正英は大きくあごを引いた。

「多田どの。栄山に罪はない。よろしいかな」

継高は文治郎に向かって念を押した。

「ご賢察の通りかと存じます」

宮之介の凶行は真実ではない。

だが、栄山の罪を指弾すれば、継高としてはこのまま抱えてゆくわけにはいかなくなり、定光流は完全に潰える。弟子宮之介一人の不始末ならば、目をつぶることもできるだろう。

栄山と定光流に対する継高の深い思いやりに、文治郎の胸は震えた。

「うむ。多田どの、此度の調べ、いかい苦労であった。これは褒美だ」

継高はいきなり腰の短刀を引き抜いて差し出した。

一尺一寸（約三十三センチ）ほどの合口拵の金茶梨地鞘が朝の光に燦然と輝いている。

「わたくしにはもったいないです」

文治郎は手を振って遠慮した。

「よい。そこもとの知恵の深さには舌を巻くばかりだった。受け取るがよい」

「ありがたきお言葉」

文治郎は畳に手を突き、膝行《しっこう》して両手で短刀を受け取った。

「多田どの、いつでも当屋敷を訪ねて参れ。下野どの、よい師をお持ちだな」

「恐れ入りまする」

正英も恭敬に頭を下げた。

「定光流が絶えぬように、どうぞご高配を賜りますようお願い申し上げます」

思い切って、文治郎は頼んでみた。

「ああ、小源太のほか二名が残っておる。なんとか立て直してくれることを願っている」

継高はそれだけいうと、座を立って次の間に消えた。

上州屋殺しはいちおうの解決を見た。

だが、一昨日の態度を考えても、宮之介が、栄山の凶行を扶《たす》けた罪などを悔いて自害したとは信じられなかった。

何か釈然としない。まだ、何かが隠されている。

栄山はすべてを隠してあの世へと旅立ってしまった。

文治郎は、正英や甚五左衛門とともに、継高の屋敷を退出した。

後ろ髪を引かれるような気持ちに耐えながら、文治郎は西門へ向けてゆっくりと歩いた。

4

笛の音にも似た鳴き声が頭の上で響いた。

抜けるような青空に、一羽のトビがのんびり悠々と輪を描いていた。

宝暦七年も、最後の一日を残すのみとなった。

これから始まる商家の掛け取りを控えて、大晦日の朝は静かに青く明けた。

明け六つ（午前六時）の鐘が鳴ってすぐ、思いも掛けぬ訪客があった。

竹之内小源太が真っ青な顔をして立っていたのだ。

「すぐに帰らねばなりませぬが、先生にお伝えすべきことができまして」

小源太の表情はこわばりきっていた。

「何が起きたのです」

「な……凪どのが赤坂溜池に身投げして死にました」

「ああ、ついに……」

定光流を襲った立て続けの悲劇に、文治郎は返す言葉を失った。

「払暁、両足を縛ってたもとに石を入れての覚悟の入水でございました」

小源太は目を伏せた。

「栄山さんが亡くなって、わたしがいちばん恐れていたことが起きてしまいました」

「多田先生は、凪どのの自死を予期なさっていらっしゃったのですか」

顔を上げた小源太は、目をまるくして文治郎を見た。

「はい。あらかじめ小源太さんに話しておけばよかった。あなたに凪さんの動きに気をつけてもらうべきだった」

文治郎は唇を嚙んだ。

「凪どのは、宗家の後を立派に追われたのです」

静かにいって、小源太は瞑目した。

「そうではないでしょう」

「は……」

まぶたを開いた小源太の瞳が震えた。

「凪さんは栄山さんではなく、宮之介さんの後を追われたのでしょう」

小源太は目を剝いた。

「な、なにを仰せですか」

小源太の声が大きく震えた。

「わたしにはわかっていました。いま、凪さんの自死ですべてが明らかになりました」

しばらく苦しげに黙っていた小源太は、思い切ったように口を開いた。

「多田先生にはお話ししなければならないようですね。ですが、これはどうか他言無用に願います」

「念には及びませぬ。一言一句として、ほかには漏らしませぬ」

文治郎の目を見据えて、小源太はゆっくりと言葉を発した。

「宮之介は栄山の大切なものを盗んでいたのです」

「凪さんですね……」

「仰せの通りです」

小源太はつらそうに目を伏せた。

「小源太さんはいつ気づいたのです……宮之介さんと凪さんのただならぬ仲に……」

「昨夜、師のなきがらの伽をしているときに確信しました。宗家が自裁したというのに、凪どののは少しも嘆いているようには見えなかったからです。また、それまでも宮之介と凪どのの仲のよいようすに幾たびか疑いを抱いておりました」

小源太の声は沈鬱にくぐもった。

「栄山さんも二人の罪をご存じだったのではないですか」

「おそらくは知っていたはずです。凪どののことにいつも心を悩ませていらっしゃいましたから。ですが、なぜ、先生にはおわかりでしたか」

「これです」

文治郎は自分の帳面に写し取った宮之介の遺書をひろげて見せた。

——海ヨリ深キ我ガ師ノ高恩ニ背ク罪ノ深キコト、万死ヲ以テ償フ可キ物ニテ候
「この宮之介の遺書に紛れがございましょうか。これは間違いなく兄弟子の筆です」

手帳に見入りながら、小源太は首を傾げた。

「宮之介さんが書いたことは間違いありません。しかし、これは遺書ではなかった」

「どういうことですか」

小源太は息せき切って訊いた。

「そもそも宮之介さんは自害などしていません」

「え、宮之介の入水は自害ではないのですか」

小源太は目を見開き、絶句した。

「ええ……これは宮之介さんと凪さんとのあやまちを、栄山さんに知られて書かされ

た詫び状です」

「なんと」

「栄山さんは詫び状を、あたかも遺書のように装ったのです」

「と、いうとつまり……」

小源太の顔はさっと血の気を失った。

「栄山さんは、自裁に見せかけて宮之介さんを池に突き落として殺したのです」

文治郎は真相を告げざるを得なかった。

「そ、そんな馬鹿な……」

「あれは、栄山さんの復讐だったのです。あなたが宮之介さんの遺書を最初に見せてくれたときから、わたしはどうしても納得できずにいました。本気で死ぬ人間が書く遺書とは思えなかったのです」

「そういうことでしたか」

小源太の声はかすれていた。

「納得できませんか」

尋ねる文治郎の声もかすれた。

「いいえ、お話を伺って、頭のなかの黒雲が払われたような心持ちです」

意外としっかりした声で、小源太は答えた。

「栄山さんは結局、宮之介さんに定光流を譲る気はなかった。此度の『酒瓶猩々』のシテで釣っておいて、上州屋殺しの時に入れ替わりをさせる。その後、自害に見せかけて殺してしまったのです」

しばらく黙って震えていた小源太が、暗い声で言葉を発した。

「宮之介の入水後の凪どのの取り乱し方も尋常でないと感じていたのです」

「凪さんは、自分のせいで、夫である栄山さんが愛する宮之介さんを殺す羽目に陥ったことに耐えられなかったのです」

「……多田先生の仰せが、此度のすべての真相でしょう」

小源太は沈鬱な面持ちで答えた。

「ところで、ほかのお弟子さんもお嘆きでしょうね」

栄山夫妻と宮之介を亡くした定光流は混乱のなかにあるはずだ。

「弥八郎はずっと泣き続けています。あれはまだ子どもですから」

大柄な弥八郎が身を小さくして泣いているようすが目に浮かんだ。

「では、藤二郎さんはどうなさいました」

「藤二郎は、昨夜のうちに出奔致しました」

「なんですって」

文治郎は小さく叫んだが、じゅうぶんに考えられる話だった。

「定光流の門下を辞めるとの書き置きを残しています。あれはもう猿楽の道には戻らぬでしょう。そもそも芸道には向いていない男でした」

小源太は淋しげな口調で答えた。

すべての駒が揃い、あらゆる真相が明らかになったいま、とてつもないむなしさが、文治郎の心をふさいでいた。

「もはや定光流を背負える人は、小源太さん。あなた一人です」

暗い気持ちを晴らすように、文治郎は明るい声を作った。

「とても背負えるものではありませぬ。ですが、定光流を名乗ることが許される限り、わたくしは師の教えを守って、この流儀を後の世に伝えて参りたいと思っております」

小源太は両の瞳に固い決意をみなぎらせて答えた。

「いつの日か、またきっと『酒瓶猩々』を見せてください」

「はい、弥八郎たちとともに、きっといつか」

「その日を楽しみにお待ちしております」

「ええ、きっといつの日か」

小源太は言葉に力を込めて答えた。

だが、定光流は屋台骨を失った。その日はすぐにはやって来ないだろう。

しかし、いつかかなえてほしい。文治郎は強く願った。

「多田先生、このたびはまことにお世話になりました」

土間のところで、小源太は腰に手をやって丁重に頭を下げた。

〽千秋万歳君千代までと、栄ゆる御代こそ、めでたけれ
小源太は澄んだ声で謡った後に、最後のあいさつをした。

「どうぞよいお年をお迎えくださいませ」

「小源太さんもよいお年を」

小源太が路地の角を曲がって消える姿を、文治郎は万感の思いで見送った。入れ替わりに、どこかの商家の手代が路地へ入って来た。かまびすしい大晦日の一日が始まろうとしていた。

この作品は書き下ろしです。

幻冬舎文庫

●最新刊
片想い探偵　追掛日菜子
辻堂ゆめ

追掛日菜子は、好きな相手の情報を調べ上げ追っかける超ストーキング体質。事件に巻き込まれた好きな人を救うため、そのスキルを駆使して解決するが――。前代未聞の女子高生探偵、降臨。

●最新刊
捌き屋　盟友
浜田文人

企業間に起きた問題を、裏で解決する鶴谷康。不動産大手の東和地所から西新宿の土地売買を巡るトラブル処理を頼まれる。背後に蠢く怪しい影に鶴谷は命を狙われるが――。シリーズ新章開幕。

●最新刊
モヤモヤするあの人
常識と非常識のあいだ
宮崎智之

どうにもしっくりこない人がいる。スーツ姿にリュックで出社するあの人、職場でノンアルコールビールを飲むあの人……。新旧の常識が混ざる時代の「ふつう」とは？　今を生き抜くための必読書。

●最新刊
統合失調症がやってきた
松本ハウス

ハウス加賀谷は、松本キックという相方を得て、病と闘いながらもお笑いの世界で活躍する。しかし、活躍と反比例するように、症状は悪化、コンビは活動を休止した。復活までの軌跡を綴る。

●最新刊
相方は、統合失調症
松本ハウス

病による活動休止から10年を経て復帰した松本ハウス。しかし、かつてできたことができず、コンビはぎくしゃくしていく。〝相方〟への想いが胸を打つ感動ノンフィクション。

幻冬舎時代小説文庫

●最新刊
怪盗鼠推参 二
稲葉 稔

女将のお滝が作る賄いの美味さに、小さな米問屋熊野屋に居ついてしまった百地市郎太。ある日、大店に賊が押し入り大金を奪い皆殺しにする事件が起きる。先祖伝来の鉄拳で悪党成敗を目論むが。

●最新刊
遠山金四郎が吼える
小杉健治

江戸所払いの刑を受けた罪人たちが、江戸の町に潜伏しているらしい。北町奉行遠山景元、通称金四郎は探索をする中で、大鳥玄蕃という謎の儒学者の存在を知る。男の正体とは？　シリーズ第三弾。

●最新刊
若旦那隠密3
哀しい仇討ち
佐々木裕一

将軍家の密偵としての顔を持つ大店の若旦那藤次郎が抜け荷の疑いをかけられ、小伝馬町の牢屋敷に送られた。噂は瞬く間に町を駆け巡り……。江戸の風情と人の情愛が胸に迫るシリーズ第三弾。

●最新刊
孫連れ侍裏稼業　脱藩
鳥羽 亮

伊丹茂兵衛が引き受けた裏の仕事は、秘剣を操る辻斬りの始末。折しも突如やってきた国元の亀沢藩士が驚くべき事実を口にした――。敵を追う茂兵衛と松之助に新たな局面。怒濤の第三弾！

●最新刊
お悦さん
大江戸女医なぞとき譚
和田はつ子

出産が命がけだった江戸時代、妊婦と赤子を一流の医術で救う女医・お悦。彼女が世話をしていた臨月の妊婦が骸になって見つかった。真相を探るうちに大奥を揺るがす策謀に辿り着いてしまう。

能舞台《のうぶたい》の赤光《しゃっこう》
多田文治郎推理帖《ただぶんじろうすいりちょう》

鳴神響一《なるかみきょういち》

平成30年6月10日　初版発行

発行人――石原正康
編集人――袖山満一子
発行所――株式会社幻冬舎
〒151-0051東京都渋谷区千駄ヶ谷4-9-7
電話　03(5411)6222(営業)
　　　03(5411)6211(編集)
　　振替00120-8-767643
印刷・製本―株式会社　光邦
装丁者――高橋雅之

幻冬舎文庫

ISBN978-4-344-42749-5　C0193　　な-42-2

幻冬舎ホームページアドレス　http://www.gentosha.co.jp/
この本に関するご意見・ご感想をメールでお寄せいただく場合は、
comment@gentosha.co.jpまで。